Elsie

CATHERINE FRANCOEUR

Elsie

1. Une dernière fois

Kennes

Déjà parus :

1. *Une dernière fois*
2. *Ne jamais dire jamais*

Directeur de collection et direction littéraire : Pierre Szalowski
Couverture et mise en page : Clémence Beaudoin
Révision linguistique : Patricia Juste
Correction d'épreuves : Caroline Hugny
Photo de Catherine Francœur : Jay Machalani

Rue de la Blanche Borne 15
6280 Gerpinnes (Loverval) – Belgique
www.kenneseditions.com

Adaptation : Cassandre Sobieski

Dépôt légal : octobre 2019 – D/2019/13.105/131
ISBN : 978-2-8758-0839-4
NUART : 13-7838-2

Imprimé en Europe

Pour Francine,
qui ne pourra peut-être jamais lire ceci,
mais qui, je suis certaine,
m'a accompagnée dans son écriture.

PROLOGUE

En à peine quelques instants, le grenier s'est embrasé. Rapidement, les flammes se sont propagées d'un bout à l'autre de la pièce, et un mur de feu m'a encerclée. Paniquée, je me suis mise à tourner sur moi-même, essayant de trouver une issue.

L'air était de plus en plus suffocant et la fumée me brûlait les yeux, le nez, la bouche. Je me suis jetée sur le sol en enlevant mon t-shirt pour le mettre devant ma bouche, histoire de ne pas respirer directement la fumée.

Soudain, j'ai senti quelque chose me pousser l'épaule. J'ai relevé les yeux pour voir, juste devant moi, un espace complètement dégagé de feu.

Comme par magie, la seule fenêtre du grenier s'était ouverte. Comment ? Je n'aurais pas pu l'expliquer, puisqu'elle était toute petite et probablement condamnée depuis longtemps, mais elle était là, devant moi, ouverte.

Malgré la gravité de la situation, j'ai souri : je savais que c'était mon amie qui me guidait. Je me suis empressée de ramper, jusqu'à la fenêtre. Une fois là, j'ai jeté un dernier coup d'œil derrière moi. Avec la fenêtre ouverte et le courant d'air, le brasier s'intensifiait. Le plancher commençait à s'effondrer et je savais que, d'ici quelques heures tout au plus, ma maison ne serait plus qu'un tas de cendres. J'ai été tentée de faire demi-tour pour sauver quelques objets, mais, dans un dernier élan de courage, je me suis retournée vers la fenêtre. Je sentais la chaleur du feu partout sur moi. Avec l'air rempli de fumée, ça devenait insoutenable.

En regardant par la fenêtre, j'ai entendu quelqu'un crier mon nom. Au loin, les sirènes des camions de pompier hurlaient. Sans même réfléchir, je me suis lancée dans le vide, malgré les trois étages qui me séparaient du sol.

Après, tout est devenu flou.

10 ANS PLUS TÔT

Chapitre 1

PETITE, J'ÉTAIS MITIGÉE face à la mort. Mes parents m'avaient toujours dit que lorsque quelqu'un mourait, c'était la fin. Qu'il n'y avait rien après et que, par conséquent, je devais faire en sorte d'avoir une vie bien remplie. Dans ma tête, c'était tout à fait crédible. Après tout, quel enfant doute de ses parents ? J'étais une fillette intelligente, sensible, assez solitaire. J'aimais apprendre.

À force de discuter avec mes amis, j'ai compris que la mort est un sujet tabou dont la majorité des parents évitent de parler, jusqu'à ce qu'une personne de leur entourage décède et qu'ils soient forcés de l'expliquer à leurs enfants. Mes parents ont toujours été très ouverts sur la question. Ils sont enfants uniques comme moi, et mes quatre grands-parents sont décédés plusieurs années avant ma naissance. Nous n'avons toujours été que nous trois. Je ne sais pas si les autres enfants sont confrontés à l'idée de la mort aussi tôt que je l'ai été, mais je me souviens très bien de notre première conversation sur le sujet. Nous regardions un film où une petite fille vivait plein d'aventures avec ses grands-parents. Tout bonnement, j'ai demandé à mes parents où étaient les miens. Ils m'ont rapidement expliqué qu'ils étaient morts. Et quand on meurt, c'est terminé. Sur le coup, je n'ai pas posé davantage de questions, puisque ça ne me semblait pas très important : je n'avais pas à m'en faire avec cela, car je n'avais que mes parents dans mon entourage et qu'ils étaient trop jeunes pour me quitter.

Ma perception de la vie a changé lorsque nous avons emménagé dans notre première maison, dans une banlieue tranquille. Jusque-là, nous habitions un bel appartement du centre-ville. J'avais appris à m'endormir au milieu des klaxons et des autres bruits urbains. J'avais maintenant sept ans et j'étais toute déboussolée de me retrouver dans cette gigantesque maison, la plus belle de toute la rue.

Le jour où nous sommes arrivés là, mes parents m'ont demandé de ne pas rester dans la maison, puisque les déménageurs étaient occupés à y installer des meubles très lourds. Comme personne ne faisait vraiment attention à moi, je me suis assise sur le petit mur de briques adjacent à l'allée de la maison. Moi qui étais habituée aux énormes bâtiments en hauteur, je me surprenais à aimer observer tout ce qu'il y avait autour de moi. Ça me faisait bizarre de pouvoir regarder le ciel sans devoir lever les yeux. J'ai vu quelques voisins sortir de chez eux ou jeter un coup d'œil par la fenêtre, mais ils semblaient tous être des adultes. J'espérais tellement qu'il y aurait au moins une fille de mon âge dans le quartier ! J'allais bientôt commencer l'école et je voulais me faire quelques amis avant.

Je regardais avec curiosité la maison qui se trouvait juste en face de la mienne, où je n'avais encore vu personne. Il n'y avait pas non plus de voiture devant. J'attendais donc que quelqu'un arrive, gardant espoir de voir apparaître une nouvelle amie. Je me rappelle encore le moment où une auto s'est engagée dans l'allée. Je me suis levée d'un bond, tentant de repérer un humain de ma taille. Finalement, une dame est descendue de la voiture. J'ai ravalé ma déception. En plus, elle était assez âgée, pas très grande, les cheveux noirs coupés court, toute de noir vêtue. Elle faisait peur. Je croyais qu'elle serait la voisine méchante qui déteste les enfants, comme dans les films. La femme a dû se sentir observée, puisqu'en ramassant son courrier, elle a tourné les yeux vers moi. Elle m'a fait un grand sourire et m'a saluée de la main. Sachant que mes parents accordaient une grande importance à la politesse, je me suis empressée de la saluer à mon tour. Ma mère, qui avait décidé de prendre une petite pause du déménagement, est alors sortie de la maison. Apercevant la voisine, elle lui a fait un signe également. Elle m'a attrapée par la main pour traverser la petite rue.

– Tu viens, Elsie ? On va aller se présenter à la voisine.

Dans ce quartier assez ancien, les maisons se ressemblaient presque toutes : vieilles, énormes et d'aspect un peu effrayant. Celle de notre voisine ne dérogeait pas à la règle. Du haut de mes sept ans, je trouvais que cette maison avait presque l'air vivante avec ses deux grandes fenêtres rondes qui ressemblaient à des yeux. Plus nous avancions, plus j'étais sceptique à l'idée d'aimer un jour ce quartier, d'autant plus qu'il ne semblait même pas y avoir d'enfants de mon âge. J'ai tenté de cacher mon désappointement lorsque ma mère et moi sommes arrivées devant la dame, juste pour ne pas avoir l'air impolie.

– Bonjour, mesdames ! Bienvenue dans le quartier ! Quelle belle journée pour déménager, pas vrai ? s'est exclamée notre voisine avec un immense sourire.

Elle me semblait soudain bien plus sympathique, même si elle n'avait pas sept ans.

– Oui, c'est une journée magnifique, même si elle est épuisante !

– Ah, il faut voir le bon côté des choses ! Il aurait pu pleuvoir, pas vrai ? a rétorqué la dame en me faisant un clin d'œil.

Tenant toujours la main de ma mère, je souriais en regardant le sol. J'étais une enfant assez timide, principalement parce que j'avais très peu de contacts avec des adultes.

– Enfin, bref, j'imagine que vous avez encore beaucoup de choses à faire et la journée avance, je ne vous retiendrai pas plus longtemps. C'est gentil d'être venues me voir ! Je suis Francine, au fait.

– Ravie de faire votre connaissance, Francine. Je m'appelle Laura, et voilà Elsie, a dit ma mère en pointant un doigt vers moi.

Francine s'est alors agenouillée devant moi, m'offrant son plus beau sourire.

– Que tu es belle, Elsie ! Tu tiens de ta maman !

Encore une fois, ma timidité m'a empêchée de lui répondre correctement, mais je lui ai souri aussi.

– On retourne à notre installation ! Bien heureuse d'avoir pu faire votre connaissance, Francine ! a dit ma mère en me tirant par la main pour me ramener vers la maison.

– Pitié, Laura, pas de « vous » ! Je ne suis pas assez vieille pour qu'on me vouvoie, a lancé Francine en riant.

Alors qu'elle marchait vers sa porte d'entrée, elle a crié :

– N'hésitez surtout pas à venir me voir s'il y a quoi que ce soit, ma porte sera toujours ouverte !

Je me suis retournée et lui ai fait un petit signe de la main.

J'étais loin de me douter de la place que cette femme prendrait dans ma vie.

Au début, nous avions avec Francine de simples relations de voisinage. Elle venait parfois nous porter des biscuits et nous nous saluions lorsque nous nous croisions dehors, sans plus. Je n'ai appris à la connaître que quelque temps plus tard, lorsque mes parents ont dû reprendre leur boulot.

Étant médecin, ma mère travaillait de longues heures, autant le jour que la nuit. En changeant de ville, elle avait perdu son ancienneté et devait se soumettre aux horaires de son nouvel emploi. Mon père, lui, possédait plusieurs magasins d'équipement extérieur. Il partait tôt le matin et faisait trop souvent des heures supplémentaires. Sachant qu'ils allaient vite devoir recommencer à travailler, mes parents s'étaient dépêchés d'installer nos meubles et de ranger nos affaires dans la maison. En peu de temps, il n'y avait plus rien qui traînait. Il restait une seule chose à régler : qui allait s'occuper de moi ? À sept ans, il m'était impossible de demeurer seule, évidemment. Un soir, alors que ma mère tentait de me trouver une baby-sitter pour le lendemain après l'école, je lui ai dit qu'elle pourrait demander à Francine.

– Oh, je ne sais pas, Elsie. Après tout, on ne la connaît pas vraiment, a-t-elle répondu, réfléchissant à une meilleure solution.

Elle s'est tournée vers mon père pour avoir son avis.

– Tu ne perds rien à le lui demander. C'est une vieille dame qui a l'air bien sympathique. Et puis elle vit juste en face.

– Je sais, Tim, mais ça ne t'inquiète pas de laisser Elsie à une parfaite inconnue ?

– Les autres baby-sitters du coin sont aussi des inconnues, Laura. Autant laisser Elsie avec une dame plus âgée qui a plus d'expérience de la vie qu'avec une gamine de seize ans qui ne fait ça que pour l'argent. Tu en penses quoi, Elsie ? Tu veux qu'on demande à la voisine ?

– Oui, j'aimerais bien, ai-je dit à mon père.

Francine a tout de suite accepté. J'ai eu de la difficulté à dormir cette nuit-là, simplement parce que j'avais hâte de passer plus de temps avec elle. Plusieurs années et une vision complètement différente de la vie plus tard, je réalise que mon envie de mieux connaître une personne beaucoup plus âgée était un peu étrange. Cela dit, presque dix ans jour pour jour après notre première rencontre, je crois que c'était le destin. Francine et moi sommes devenues inséparables dès ce jour.

♣

Notre nouvelle maison était immense, si bien que j'avais parfois peur de m'y perdre. Nous avions non seulement un rez-de-chaussée et un étage, mais aussi un sous-sol et un grenier. Je n'avais pas accès à ces derniers, mais les deux niveaux principaux étaient bien suffisants.

C'était une belle maison des années 1950 qui, apparemment, n'avait pas été habitée pendant assez longtemps, si bien que l'agence immobilière lui avait donné un petit coup de jeunesse en la rénovant entièrement. Il faut croire que cela avait fonctionné, puisque mes parents en étaient tombés amoureux dès qu'ils l'avaient vue. Je me rappelle qu'ils répétaient sans cesse à quel point nous avions eu de la chance d'être tombés sur cette maison et d'avoir pu quitter notre appartement de la ville. Nous avions également un grand terrain, ce qui fait que nos voisins de droite et de gauche se trouvaient à une bonne distance de chez nous. Le quartier avait été construit plusieurs années auparavant, alors que la demande de logements n'était pas très forte. Presque tous les terrains de notre rue étaient vastes. Au fil des années, de nouveaux quartiers bien plus modernes avaient poussé puis s'étaient développés aux alentours, mais le nôtre était resté identique. Il avait gardé son charme ancestral, comme se plaisait à le dire Francine. Celle-ci avait vécu dans sa maison toute sa vie : elle y était née, y avait passé son enfance, et lorsque ses parents étaient décédés, elle avait préféré ne pas déménager. Je la comprenais. Dans cette petite ville de moins de trois mille habitants, nous avions une tranquillité difficile à égaler. Tout était paisible, même si le centre-ville n'était qu'à dix minutes de voiture.

Comme je l'ai mentionné, notre demeure était la plus belle de toute la rue. Si l'intérieur était très moderne, l'extérieur était un peu plus vieillot, semblable aux autres. Un balcon en bois bordait la maison au complet, avec une balançoire, aussi en bois, à gauche de la porte. Le reste était un mélange de briques et de bois. Ça donnait à l'ensemble un aspect unique que j'adorais. De grandes fenêtres s'ouvraient sur les quatre côtés de la bâtisse, avec deux larges baies vitrées de chaque côté de la porte.

En entrant, nous pouvions voir pratiquement chaque pièce du rez-de-chaussée au travers d'un long corridor qui allait jusqu'au fond de la maison. À gauche, il y avait un petit salon meublé de quelques chaises confortables, d'un canapé et du piano de ma mère. Malgré le fait que nous allions rarement dans cette pièce, la porte était toujours ouverte, laissant entrer la lumière de la fenêtre dans le vestibule. À droite de la porte d'entrée se trouvait le salon principal, une grande pièce qui s'étendait jusqu'à l'autre bout de la maison. C'était la pièce où mes parents passaient le plus de temps lorsqu'ils étaient là. Grande et chaleureuse, elle contenait des sofas, la télévision, un ordinateur ainsi qu'une cheminée. La cuisine et la salle à manger étaient situées au fond de la maison, avec une porte menant à l'extérieur. Ces pièces avaient aussi été rénovées assez récemment et notre cuisine ressemblait à celles qu'on peut voir dans les magazines. Ce qui est ironique, puisque mes parents étaient toujours trop occupés pour cuisiner.

Juste devant la porte d'entrée, un grand escalier en bois menait au deuxième étage. Celui-ci comportait cinq chambres, un petit salon qu'on n'utilisait presque jamais, mais qui était joli, et deux salles de bain. L'escalier donnait sur un long corridor. La chambre de mes parents se trouvait à gauche, ainsi qu'une salle de bain et une pièce où ils rangeaient leurs vêtements. De l'autre côté du corridor, il y avait l'autre salle de bain, deux chambres d'invités et, tout au bout, ma chambre à moi.

Quand j'étais petite, et même jusqu'à l'adolescence, j'avais peur dans ma chambre. Non seulement j'étais loin de la pièce où dormaient mes parents, mais le long corridor que je devais traverser pour m'y rendre était terrifiant. Il me semblait interminable, surtout quand je venais de faire un cauchemar. Je ne sais toujours pas pourquoi mes parents avaient choisi cette chambre pour moi. Elle était plus grande que les autres, c'est certain, mais, puisque je suis enfant unique, j'aurais très bien pu changer de chambre plus tard. J'ai dormi avec une veilleuse jusqu'à douze ans. À partir de cet âge, je l'allumais uniquement lorsque j'avais peur ou que je n'avais pas envie de me retrouver dans le noir total. Si j'adorais désormais avoir ma chambre à l'écart de celle de mes parents, j'avoue que je ne m'y suis jamais sentie cent pour cent à l'aise. Comme s'il y avait dans cette pièce une ambiance bizarre. D'aussi loin que je me souvienne, ça a toujours été comme ça.

Les premiers temps, Francine venait me garder à la maison. Mais, au bout de deux semaines, voyant que tout se passait bien et qu'ils avaient besoin de ses services pratiquement cinq jours par semaine, mes parents ont proposé que je me rende plutôt chez elle après l'école. De cette façon, elle n'aurait pas à se déplacer plusieurs fois par jour et pourrait continuer de vaquer à ses occupations pendant que j'étais là. Bien sûr, mes parents voulaient la payer, mais elle a refusé, à condition qu'ils l'invitent à manger à la maison chaque dimanche. Cela leur convenait. Francine travaillait quelques heures par semaine dans une boutique de la ville, mais elle aimait tellement être avec les gens que je crois qu'elle était heureuse de pouvoir passer plus de temps en notre compagnie.

Chaque jour après l'école, l'autobus scolaire me déposait chez moi et je traversais la rue pour aller chez elle. Elle m'attendait toujours avec une collation et de la limonade, puis elle m'aidait à faire mes devoirs. Depuis la mort de son mari quelques années plus tôt, Francine vivait seule. Elle ne s'était jamais remariée et n'avait pas eu d'enfant non plus. Ses parents étaient décédés longtemps auparavant et elle ne semblait pas avoir de contact avec sa seule sœur depuis de nombreuses années. Elle ne m'en parlait pas et, malgré le fait que nous étions très proches, je n'osais pas poser la question. Francine était comme la grand-mère que je n'avais pas eue, mais aussi une amie, une confidente, un pilier dans ma vie. Même si je savais qu'ils m'aimaient, je voyais très peu mes parents et je ne pouvais pas souvent leur parler. Avec Francine, c'était différent. Elle disait que j'avais une vieille âme et que je pouvais parler de choses que, normalement, les enfants de mon âge ne comprennent pas. Presque chaque jour, nous avions des discussions sur différents sujets, notre préféré étant l'occulte.

J'ai constaté au fil des années que Francine s'intéressait à un grand nombre de domaines : tout la passionnait ! Que ça soit le paranormal, les animaux ou l'histoire, elle avait soif d'apprendre et semblait n'en avoir jamais assez. Dans ma tête d'enfant, elle savait tout et je ne comprenais pas pourquoi elle tenait autant à regarder des documentaires.

À bien y penser, c'était beau, une personne qui était toujours en quête de nouveaux savoirs. Souvent, je regardais des documentaires avec elle, après avoir terminé mes devoirs. Elle me laissait choisir celui que je voulais voir dans une liste. C'étaient mes moments préférés. J'attendais avec impatience que ma journée à l'école se termine afin de pouvoir aller retrouver Francine chez elle.

Comme je l'ai dit, notre sujet favori était l'occulte : le paranormal, la vie après la mort, même les histoires un peu terrifiantes d'esprits et de fantômes. Nous avons commencé à en parler bizarrement, un jour, alors que je l'avais interrogée sur le sujet. Avec tous les documentaires que nous regardions, j'étais convaincue qu'elle était plus intelligente que mes parents. Francine, bonne joueuse, répondait à toutes mes questions avec plaisir, ce qui m'étonne encore après toutes ces années. Après tout, ce n'est pas un sujet de conversation très banal pour une petite fille. Je ne sais pas pourquoi, mais, depuis ma rencontre avec Francine, mon intérêt pour le sujet avait augmenté. Évidemment, elle adaptait ses réponses à mon âge, mais j'ai toujours senti qu'elle était très ouverte à parler de toutes ces choses avec moi. C'était un monde fascinant.

Chapitre 2

DIX ANS PLUS TARD, j'ai appris la mort de Francine en rentrant de l'école. Je me souviendrai toujours de cette journée. Nous étions en mars et, même si un magnifique soleil faisait tranquillement fondre le peu de neige que nous avions eu cette année-là, il faisait très froid.

Depuis quelques années, je n'allais plus voir Francine chaque jour, mais j'avais pris l'habitude de sonner chez elle plusieurs fois par semaine pour lui raconter ma journée, bonne ou mauvaise. C'était une oreille très attentive. Que je me réjouisse d'une bonne note ou d'une nouvelle rencontre ou que je pleure parce que j'avais une peine d'amour, que je m'étais disputée avec mes amies ou encore parce que j'avais raté mon examen de mathématiques, elle était toujours là. Je pouvais tout lui dire, sans aucun jugement de sa part. Sans peur de la décevoir. Étant tous deux exigeants, mes parents attendaient le meilleur de moi. Je devais constamment avoir d'excellents résultats à l'école, bien me tenir, toujours être une fille respectable pour ne pas leur faire honte. Parfois, cela me pesait. J'avais maintenant dix-sept ans et une furieuse envie d'expérimenter la vie comme tous les jeunes de mon âge.

Ce jour-là, j'avais hâte de revenir à la maison après l'école. Ça devait faire trois jours que je n'avais pas vu Francine, car j'avais eu plusieurs examens importants. Avant d'aller sonner chez elle, je me suis dit que j'allais déposer mes affaires dans ma chambre et enfiler des vêtements plus confortables. Je n'avais pas d'uniforme scolaire, mais les leggings étaient interdits, si bien que j'étais obligée de porter des pantalons. Je n'ai jamais aimé cela. Je trouvais les pantalons toujours trop serrés. Alors, dès que j'arrivais chez moi, je sautais dans une paire de leggings. Ce jour-là, donc, je me suis dépêchée de sortir de ma voiture, voulant me rendre chez Francine le plus vite possible. Je pourrais lui raconter que j'avais réussi mon examen d'histoire, et l'entendre me rassurer à propos de celui de mathématiques, dont j'attendais encore le résultat. Comme d'habitude, elle aurait certainement préparé notre collation préférée, soit des chips et de la limonade.

J'ai senti mon ventre gargouiller ; je n'avais presque rien mangé de la journée.

En entrant dans la maison, j'ai tout de suite compris que quelque chose ne tournait pas rond. Mes parents semblaient complètement dévastés. Je voyais mon père verser des larmes pour la première fois de ma vie. Ma mère était inconsolable, roulée en boule sur le canapé du salon, un papier mouchoir tout mouillé dans les mains. J'ai paniqué. Tout me passait par l'esprit : mes parents avaient perdu leur travail, ma mère avait le cancer, ils avaient eu un accident de voiture, ils avaient appris ce qui était arrivé le mois dernier chez Camille… J'ai dû cesser de respirer pendant un moment, parce que mon père s'est levé et m'a prise par le bras pour me forcer à m'asseoir. J'étais toute molle et je me suis laissé faire.

– Elsie… c'est Francine. Elle est morte.

J'ai senti le temps s'arrêter. Francine ? Morte ? C'était bien pire que ce que j'avais pu imaginer. Mes problèmes me semblaient bien futiles à présent. Je pense que mon cœur a arrêté de battre pendant quelques instants.

– Non, c'est impossible… Elle allait bien lundi…

Sans que je puisse les retenir, les larmes se sont mises à couler sur mes joues. Je n'arrivais pas à y croire.

C'était ma mère qui l'avait trouvée. N'ayant pas de nouvelles depuis quelques jours, elle avait pris le double de la clé que nous avions à la maison. De toute façon, la porte n'était pas fermée à clé. Elle avait découvert Francine, dans son lit, froide. Selon les ambulanciers, celle-ci était morte dans son sommeil. Sans souffrir.

Au fil du temps, Francine m'avait exposé sa vision de la mort, me précisant souvent qu'elle n'en avait pas peur et qu'elle savait qu'elle retrouverait son mari. Je sais qu'au fond, elle a eu exactement la mort qu'elle voulait. Sans douleur, sans se rendre compte de quoi que ce soit, et sans avoir besoin de faire des adieux déchirants aux personnes de son entourage.

Elle est partie, aussi discrètement que possible, nous laissant avec une peine infinie.

Je ne pouvais cesser de pleurer. Mes parents étaient dans le même état. Mon père, cet homme sans émotion, sanglotait sans aucune honte.

Francine était pratiquement un membre de la famille.

Même si j'étais dévastée, ce qui me consolait, c'était de savoir que, comme Francine me l'avait toujours dit, la mort n'était pas une finalité. Je ne la verrais plus sous sa forme physique, mais j'aurais quelque part des signes d'elle, signes qu'elle était toujours là. J'aurais aimé pouvoir dire à mes parents qu'elle allait finir par revenir d'une manière ou d'une autre. Qu'elle nous donnerait un signe discret pour nous faire comprendre qu'elle était bien là, de son nuage, à veiller sur nous.

Cependant, j'ai préféré ne pas en parler. Je n'avais pas envie de commencer cette conversation maintenant. Il m'avait fallu des années pour saisir que, si nous le souhaitions réellement, nos êtres chers pouvaient revenir. Sauf que, là, mes parents ne comprendraient pas. Ils avaient autant de peine parce que, pour eux, la mort, c'était la fin. Ils étaient conscients que plus jamais ils ne reverraient leur vieille amie. La maison serait probablement vendue dans les prochains mois et tout ce que nous avions connu de Francine ne serait que souvenir.

Moi aussi, j'étais triste. La Francine que je connaissais ne serait plus jamais là. Plus jamais je ne pourrais aller la voir après l'école pour lui raconter ce que je vivais. Plus jamais il n'y aurait le fameux bol de chips et le pichet de limonade maison. Je ne pourrais plus lui confier mes joies et mes peines d'adolescente. J'avais perdu mon amie, ma confidente, l'une des personnes les plus importantes à mes yeux. D'ici quelques jours, Francine serait mise sous terre et je ne verrais plus son beau sourire ailleurs que sur des photos. Plus j'y pensais, plus mes larmes coulaient.

J'ai pleuré toute la nuit. J'ai dû m'endormir vers 5 ou 6 h du matin, totalement épuisée, le nez en feu à force de me moucher. J'avais un terrible mal de tête et j'avais dû vider au moins une boîte complète de mouchoirs. Mon oreiller et mes cheveux étaient encore tout humides. Mon alarme sonnait depuis deux bonnes minutes, mais je n'avais même pas la force d'étirer le bras pour l'arrêter. C'est ma mère qui, après avoir frappé légèrement à la porte, est entrée dans ma chambre pour la fermer. Je lui tournais le dos et je faisais semblant de dormir. De toute façon, c'est tout ce que je voulais : dormir. Ma mère a passé sa main dans mes cheveux, puis m'a dit tout doucement de rester au lit, qu'elle allait appeler l'école. Elle a à peine eu le temps de sortir de ma chambre que je recommençais à pleurer.

Je me suis retournée pour prendre mon téléphone et regarder l'heure : 7 h 30. Mes cours commençaient à 9 h 15. Malgré le fait que ma mère m'avait dit de me rendormir et de ne pas aller à l'école, je ne savais pas quoi faire. Je n'avais pas envie de sortir de mon lit et de me préparer, mais encore moins de rester à la maison. Au moins, à l'école, je pourrais me changer les idées. Un bref regard dans le miroir m'a permis de me rendre compte qu'il me faudrait plus d'une heure pour être présentable.

Finalement, je suis juste restée dans mon lit, assise, le regard perdu, pendant plusieurs heures. Je n'avais ni soif ni faim. Je me sentais comme… vide. C'est le pire sentiment que l'humain puisse éprouver.

Jusqu'à ce jour, jamais je n'avais connu une peine aussi intense. J'aurais préféré ne pas devoir vivre cela tout de suite. Jamais, en fait.

À dix-sept ans, je croyais avoir vécu le pire moment de ma vie lorsque Samuel m'avait quittée. Nous étions ensemble depuis plus de six mois et, du jour au lendemain, il m'avait envoyé un texto pour me dire qu'il ne m'aimait plus. Comme nous fréquentions la même école et que nous avions les mêmes amis, il m'était impossible de montrer ce que je ressentais. Pendant plusieurs semaines, j'avais dû l'ignorer, faire comme si mon cœur n'était pas en mille morceaux chaque fois que je voyais son sourire. Toutes mes amies me disaient que j'étais forte de ne pas me laisser abattre et que je méritais mieux, mais, au fond de moi-même, j'étais complètement détruite. C'était clair : jamais je n'allais m'en remettre. Quand je rentrais à la maison, je pleurais pendant des heures, relisant nos anciennes conversations et regardant nos photos. C'est au bout de deux mois que j'avais compris qu'il ne valait pas la peine que je me mette dans un tel état pour qui que ce soit. Si je n'étais pas tout à fait remise de ce premier chagrin d'amour, je savais que quelque chose de mieux m'attendait, et ce n'était certainement pas Samuel.

Les larmes ont soudain recommencé à couler. Pas à cause de lui, mais à cause de Francine. En me rappelant le pire moment de ma vie, j'avais pu oublier qu'une des personnes les plus chères à mes yeux n'était plus là. Je n'arrivais juste pas à y croire. Je me sentais également coupable. J'aurais dû aller voir Francine le mardi. Peut-être que ça aurait changé quelque chose. Peut-être que j'aurais remarqué qu'elle n'allait pas bien. J'aurais pu appeler une ambulance, et elle aurait toujours été en vie. Nous ne le saurions jamais, au fond, mais je doutais que j'allais un jour arriver à ne plus m'en vouloir.

Sur ces pensées, je me suis levée et je me suis dirigée vers la salle de bain de mes parents. Pour me sentir mieux, il fallait que je dorme. En fouillant dans l'armoire, j'ai trouvé la boîte de somnifères de ma mère. Je dois préciser que je déteste prendre des médicaments. N'importe lesquels. Cependant, cette fois-ci, je devais faire un petit effort. Suivant les indications marquées sur la boîte, j'ai avalé deux somnifères, pris un grand verre d'eau et je suis retournée dans ma chambre. Je me suis réveillée le lendemain matin seulement.

Une semaine plus tard, c'étaient les funérailles. Comme Francine n'avait pas de famille, mes parents se sont occupés de tout. Ils ont également tout payé. C'était une petite cérémonie dans un salon funéraire près de chez nous. Rien d'extraordinaire, juste une salle, remplie de chaises. Sur un écran géant défilaient des photos de Francine à différentes époques de sa vie. Il y avait de nombreuses photos de nous deux, si bien qu'on aurait pu croire qu'il s'agissait de ma grand-mère. Plusieurs bouquets de fleurs étaient posés sur les tables, ajoutant une touche de couleur à l'ambiance funèbre.

Les cendres de Francine, incinérée quelques jours auparavant, se trouvaient dans une boîte de couleur crème, ornée d'une photo d'elle que j'aimais beaucoup. C'était horriblement macabre. Connaissant Francine, je savais qu'elle aurait détesté cet évènement. À part ses photos, tout était froid et impersonnel. Je n'avais pas du tout participé à l'organisation des funérailles. Mes parents pensaient probablement que j'avais trop de peine et que je n'acceptais pas encore le décès de mon amie, mais la réalité était tout autre. Comme je l'ai déjà dit, Francine m'avait souvent parlé de la mort. Elle m'avait expliqué que le corps était seulement une enveloppe terrestre, puisque c'étaient l'énergie et l'âme de chaque personne qui composaient ce qu'elle était réellement. Elle savait ce qu'il y avait après la mort. Pas dans les détails, évidemment, puisque, ça, personne n'a jamais pu le dire. Mais elle affirmait que c'était assez beau pour qu'elle n'ait pas peur de mourir.

Elle n'aurait pas aimé ses funérailles.

Il faisait un froid glacial, ce jour-là. Moins trente-cinq degrés Celsius. Marcher de la voiture jusqu'au salon funéraire avait été suffisant pour que j'aie les doigts et les orteils gelés. Le ciel était sombre, gris ; il n'y avait pas le moindre rayon de soleil. Ce n'était vraiment pas une journée à l'image de mon amie.

Pendant des heures, j'ai regardé les gens entrer dans la salle et en ressortir après y être restés un moment. Francine n'avait peut-être pas de famille, mais elle était très appréciée dans le quartier. Elle travaillait quelques heures par semaine dans une boutique du centre commercial, alors la majorité de ses collègues étaient là. Je m'étais assise dans un coin, observant tous ces gens qui allaient et venaient. J'avais hâte que cette journée se termine. J'avais espéré que les funérailles m'apporteraient une espèce de sentiment de conclusion, qu'elles m'aideraient à réaliser que Francine n'était plus là. Pas du tout. J'ignorais comment j'allais recommencer à vivre normalement. Sans elle.

Ce qui m'inquiétait, c'est que je n'avais toujours pas eu de signe de Francine. J'essayais de ne pas trop m'en faire, puisque son décès était assez récent, mais j'étais très malheureuse et j'espérais en avoir un d'ici quelques jours. Je n'aurais pas la possibilité de lui faire des adieux conventionnels, mais j'étais certaine que ça allait au moins m'apaiser. Il le fallait, parce que sinon je ne voyais pas comment j'allais pouvoir m'en remettre. Est-ce que ça arrêterait de faire aussi mal un jour ?

Chapitre 3

PLUS D'UN MOIS après le décès de Francine, sa maison n'était toujours pas vendue. Comme elle vivait seule et qu'elle n'avait pas de famille, à part sa sœur qui ne s'était pas manifestée, c'était comme si elle avait été oubliée. Par les gens, la ville, les autres voisins. Pas par moi. Même mes parents s'étaient remis de sa disparition, prétextant que la vie devait continuer. Mais c'était impossible. Je n'avais toujours pas accepté sa mort parce que ça avait été trop soudain; j'avais encore trop de choses à lui raconter. Des choses qu'elle seule aurait pu entendre. Je savais qu'un jour elle me contacterait.

Il m'arrivait souvent, après l'école, de prendre la clé que Francine m'avait confiée et d'entrer chez elle. Mes parents étaient encore au travail et, de toute façon, à dix-sept ans, je ne leur disais pas tout sur mes allées et venues. Plusieurs fois par semaine, je garais ma voiture dans ma cour, et je marchais jusque chez elle. La poussière commençait déjà à s'accumuler sur ses nombreux bibelots, elle qui était si fière de sa collection. La nourriture était en train de pourrir dans le réfrigérateur et le garde-manger, ce qui me faisait me tenir loin de la cuisine. Je ne comprenais pas trop pourquoi personne ne les avait vidés, en fait. Au début, je m'asseyais sur ma chaise habituelle, sans un mot, espérant avoir un signe d'elle, quelque chose qui me signifierait sa présence. Mais rien. Par la suite, je devais rester dans le salon, puisque la cuisine sentait trop mauvais. Je ne pouvais pas me résoudre à jeter la nourriture, et cela me semblait stupide. Malgré mes visites constantes, tout était exactement identique. Je ne touchais à rien ; je ne faisais que m'asseoir et penser.

Je n'avais plus de larmes. Je me sentais seulement impuissante face à la situation. J'avais refermé la porte de sa chambre, parce qu'il m'était impossible de voir son lit, encore défait, là où elle avait été retrouvée sans vie. Je préférais rester en bas, dans ce salon où nous avions passé autant de temps durant les neuf dernières années. Elle qui m'avait tant parlé de ses croyances sur le paranormal.

Un jour, dans un élan de rage et de tristesse, j'ai claqué la porte de la cuisine en poussant un cri de colère. Ça faisait du bien, mais pas assez. J'ai recommencé. Une fois, deux fois, trois fois. Je me suis affalée sur le sol, complètement défaite, en larmes, lorsqu'un bruit sourd m'a fait sursauter. Tout ce qui se trouvait sur l'étagère, juste à côté de moi, venait de tomber par terre. Probablement que l'impact de la porte sur le mur avait contribué à renverser tout le contenu de l'étagère de bois mal fixée. Un peu paniquée, j'ai tenté de ramasser tous les objets pour les remettre à leur place, exactement comme Francine les avait placés. Je me sentais comme une impostrice, déplaçant des choses qui ne m'appartenaient pas. Je voulais que mes souvenirs de Francine et de sa maison restent intacts.

Voulant remettre les livres, les papiers et les autres bibelots à leur place, je me suis levée et j'ai tout à coup senti une douleur aiguë sur mon épaule. Un autre livre venait de dégringoler. En me massant l'épaule, j'ai rangé les objets et je me suis penchée pour prendre le dernier livre tombé. Quand mes doigts sont entrés en contact avec lui, j'ai senti un frisson me traverser tout le corps. Le livre dans les mains, j'étais figée sur place. Était-ce enfin le signe que j'attendais ? Quelque chose m'indiquant que Francine était encore là, dans notre monde, et qu'elle voulait que je le sache ? Était-ce une coïncidence ? L'ouvrage que je tenais était l'un de ceux que j'avais probablement vus le plus souvent dans ma vie, ici même, chez elle. *Le livre des esprits.* Je savais exactement de quoi il parlait.

Comme son nom l'indique, c'était un texte sur le spiritisme, c'est-à-dire tout ce qui touche au domaine de l'au-delà. Je ne l'avais jamais lu, mais je savais que, pour Francine, c'était comme une bible. Elle le feuilletait souvent quand je lui posais des questions trop spécifiques ou qu'elle cherchait la définition exacte d'un terme.

Même si je l'avais vu des centaines de fois, je gardais le petit livre dans mes mains, observant sa couverture et lisant son résumé à l'arrière.

Subitement, j'ai eu un flash.

Je savais exactement ce que je devais faire.

Sans lâcher le livre, j'ai marché vers la porte d'entrée d'un pas décidé, prête à retourner chez moi, quand j'ai aperçu mon sac d'école sur le pas de la porte. Je n'avais aucun souvenir de l'avoir apporté avec moi, puisque d'habitude je le laissais toujours à la maison. Quand Francine était encore en vie, chaque fois que je venais chez elle, je ne prenais ni mon ordinateur ni mon téléphone. Elle avait tellement à m'apprendre sur la vie que le reste me semblait futile. J'ai fixé mon sac à dos pendant un moment, le temps de réaliser que, pour une raison obscure, je l'avais bel et bien pris ce jour-là. J'en ai sorti mon ordinateur, et je suis retournée au salon. Installée confortablement en indien sur ma chaise préférée, j'ai ouvert l'ordinateur sur mes genoux. Essayant de me connecter à Internet, j'ai constaté que ça ne fonctionnait pas. Prise d'un doute, j'ai étiré le bras afin d'allumer la petite lampe sur la table. Rien non plus. J'ai pensé qu'Internet et l'électricité n'avaient pas été payés après la mort de Francine, et qu'ils avaient donc été coupés. J'ai retenu ma respiration.

Ce n'était que le début. Un jour ou l'autre, quelqu'un viendrait pour faire le tour de la maison. Pour vérifier ce qui était récupérable ou non. Pour faire du ménage. Pour vendre la propriété de Francine. Malgré moi, les larmes ont recommencé à couler. Il avait été établi, quelques jours après sa mort, que Francine n'avait pas fait de testament. Du moins, à notre connaissance. Son notaire n'était au courant de rien, et mes parents avaient cherché dans les endroits de la maison où elle aurait pu logiquement laisser ce genre de papiers, mais ils n'avaient rien trouvé. Cela signifiait qu'elle n'avait donné aucune instruction sur ce qu'il fallait faire de ses affaires après sa mort.

Comme je l'ai déjà dit, Francine n'avait pas eu d'enfant et son mari était décédé plusieurs années auparavant, bien avant que nous ne fassions connaissance. Il ne lui restait qu'une sœur, mais elles ne se parlaient plus depuis très longtemps. Selon la loi, si personne n'arrivait à communiquer avec cette dernière, l'État s'occuperait de liquider ses biens. J'étais d'ailleurs surprise que, plus d'un mois après son décès, personne n'ait fait les démarches nécessaires pour vendre sa maison. C'était une magnifique bâtisse sur trois étages, avec quatre chambres, relativement vieille, mais d'une propreté impeccable. Je n'osais même pas imaginer à quelle vitesse cette maison se vendrait lorsqu'elle serait mise sur le marché. C'est principalement cette certitude qui m'a donné le coup de pouce nécessaire pour commencer mon grand projet. Comme je n'avais plus accès à Internet, je me suis connectée directement de mon téléphone, et je suis allée sur mon site de vente en ligne préféré.

Machinalement, mes doigts tapaient sur le clavier. Je regardais toutes les options qui s'offraient à moi, ne sachant pas trop laquelle prendre. Mon regard s'est finalement arrêté sur un objet. J'ai lu les caractéristiques données sur la page, puis j'ai regardé le prix. Trente dollars ? Raisonnable. Je le recevrais dans trois jours. Il faut dire que je ne travaillais pas durant l'année scolaire, décision prise par mes parents afin que je puisse me concentrer à cent pour cent sur mes études. J'avais un peu d'argent de côté, puisque, les deux étés précédents, j'avais été animatrice dans un camp de vacances, mais je devais tout de même faire attention. Je fixais l'objet convoité, me demandant si ça en valait la peine. Un seul regard autour de moi m'a permis de comprendre que jamais je n'aurais l'esprit tranquille si je ne le faisais pas. Mon cœur battait de plus en plus vite, mais j'ai cliqué sur « Commander ». Dans quelques jours, j'allais avoir des réponses. S'il existait réellement une vie après la mort, une présence ou même une énergie, j'allais en avoir le cœur net.

J'avais commandé un Ouija, le fameux jeu de table qui permettait de communiquer avec les morts.

J'allais appeler Francine dans l'au-delà pour lui parler une dernière fois.

Comme j'avais commandé le jeu de Ouija un vendredi, je devais attendre tout le week-end, en plus du début de la semaine. J'ai un vilain défaut, l'impatience. Quand je veux quelque chose, j'ai vraiment de la difficulté à attendre. Comme, de toute façon, je ne pouvais rien y faire, je me suis dit que je devrais, pour une fois, prendre mon mal en patience. J'ai remballé mes affaires, ainsi que le fameux *Livre des esprits*. Il me serait peut-être utile si je parvenais à mettre mon plan à exécution. J'ai tout de même pris soin de le cacher au fond de mon sac, entre une veste et un manuel scolaire, juste pour m'assurer que mes parents ne le trouveraient pas.

J'ai regardé l'heure sur mon téléphone, et j'ai vu qu'il était 18 h passées. J'ai jeté un coup d'œil par la fenêtre du salon. Les voitures de mes parents étaient déjà là. Merde. J'allais devoir trouver une bonne excuse pour ne pas leur avouer que j'étais allée chez Francine. Première étape : sortir par la porte de derrière. C'était plus discret, et la cour de Francine donnait sur une longue ruelle bordée d'arbres, ce qui me permettrait de faire comme si j'arrivais d'une autre rue. Ni vue ni connue. Mon sac sur l'épaule, j'ai marché vers chez moi, pensant à ce que je pourrais raconter à mes parents s'ils me posaient des questions. Je détestais mentir. Je n'avais jamais réellement eu à le faire jusqu'à quelques mois auparavant.

En ouvrant la porte de la maison, j'ai vu ma mère au bout du couloir, dans la cuisine. Comme d'habitude, j'ai déposé mon sac dans l'entrée, j'ai enlevé mes chaussures et je me suis dirigée vers la cuisine. Bien que la maison ait été rénovée, le parquet craquait énormément, ce qui fait que ma mère s'est tout de suite retournée vers moi.

– Elsie ! Tu ne nous as pas prévenus, tu étais où ?

Bien entendu. J'avais beau être la meilleure fille du monde, mes parents avaient de la difficulté à me faire entièrement confiance. Je ne sais pas trop ce qu'ils auraient voulu que je fasse, un vendredi soir après l'école. M'introduire dans la maison de notre voisine, décédée depuis plus d'un mois, voler un de ses livres et me commander un jeu de Ouija pour voir si je pouvais entrer en contact avec elle ?

Bon, c'était exactement ce que je venais tout juste de faire. Dans tous les cas, je ne voyais pas comment mes parents auraient pu imaginer ce genre de scénario. Ce n'était pas du tout mon genre. Toute ma vie, je leur avais obéi au doigt et à l'œil. J'avoue que, depuis quelque temps, je n'étais pas tout à fait moi-même, mais ça aurait pu être mille fois pire. De toute façon, ils n'étaient pas au courant de mes frasques.

– J'étais chez Alexia. On faisait nos devoirs.

C'était la première explication qui m'était passée par la tête, mais surtout celle qui me semblait la plus plausible.

Pourtant, ma mère me regardait d'un air suspicieux.

– Sans ta voiture ? Elle vit un peu loin pour y aller à pied, non ?

Merde. Ma voiture. Évidemment qu'elle était restée dans notre cour : je n'allais pas la garer chez Francine.

– Mmm… oui. Je suis venue garer ma voiture à la maison et on a pris celle d'Alexia.

Je voyais que ma mère ne me croyait toujours pas, alors j'espérais me découvrir vite un talent de menteuse.

– En fait, nous avions prévu de venir faire nos devoirs ici, mais nous avions faim. Nous sommes allées manger un morceau et, comme le restaurant était plus près de chez Alexia, nous sommes allées chez elle après.

– Bon. J'espère que tu auras faim pour manger ce soir alors.

J'ai esquissé un sourire et réprimé mon envie de rouler les yeux. J'aimais ma mère, vraiment, mais plus je vieillissais, plus je me rendais compte à quel point nous étions différentes. J'avais l'impression de ne jamais être capable de satisfaire les attentes qu'elle avait à mon égard. Je venais de lui dire que j'étais chez une amie pour faire mes devoirs, et elle n'était pas contente. Bon, j'avoue, ce n'était pas vrai… Mais elle n'avait aucun moyen de le savoir et, SURTOUT, aucune raison de douter de moi.

– On mange quoi ?

– J'ai commandé de la pizza, ça devrait arriver d'une minute à l'autre, a répondu ma mère, sans lever les yeux de son écran d'ordinateur.

– Oh, d'accord.

Bien entendu, nous allions encore une fois manger un plat qui venait du restaurant. Mes parents ne cuisinaient pas ou presque. Ils m'avaient toujours dit qu'ils étaient trop occupés pour le faire, mais, en vieillissant, je voyais bien qu'ils n'aimaient juste pas cela. Alors que j'allais quitter la cuisine, ma mère, le regard toujours fixé sur son ordinateur, a lancé :

– Tu peux mettre la table, s'il te plaît ? Ça sera fait.

– Oui, t'inquiète, je vais m'en occuper.

Comme si j'allais dire non. En soupirant, je me suis rendue dans la salle à manger, avec la bouteille de désinfectant et des serviettes en papier pour nettoyer la table. Ce n'était pas sale, puisqu'on ne mangeait presque jamais à cette table, mais comme ma mère est médecin, elle m'a toujours appris à tout nettoyer. Je ne suis pas fanatique du ménage en général, mais quand j'ai besoin de me changer les idées, je deviens la meilleure femme de ménage qui soit. Une fois cette tâche terminée, je suis retournée à la cuisine pour aller chercher le nécessaire pour mettre la table. Au même moment, la sonnette d'entrée a retenti.

– J'y vais ! a crié mon père.

Sa voix venait du salon, où il passait le plus clair de son temps quand il n'était pas au travail.

Rapidement, je suis repartie dans la salle à manger pour y apporter les assiettes et les couverts. Plus vite ce serait terminé, plus vite je pourrais aller me réfugier dans ma chambre. Depuis un certain temps, les repas étaient de plus en plus gênants. Ils se déroulaient d'ordinaire dans le silence, quand mon père ne tentait pas désespérément de faire la conversation.

– Qui veut de la pizza ? a-t-il demandé en entrant dans la pièce.

Au même moment, ma mère est arrivée dans la salle à manger, le regard fixé sur son téléphone. Sans blague, elle était pire que moi. Incapable de se passer de cet appareil du démon. Après, les gens disent que les jeunes sont impolis et accros à leurs téléphones. Je peux vous jurer que ma mère est pire. D'ailleurs, je ne sais toujours pas ce qu'elle pouvait faire. Bon, il faut dire aussi qu'elle était au niveau 1378 de *Candy Crush*, mais elle ne pouvait pas non plus jouer indéfiniment. Parfois, elle semblait oublier que mon père et moi étions dans la même pièce qu'elle.

Sans dire un mot, mon père coupait des parts de pizza et les mettait dans les assiettes. Je me suis assise à ma place habituelle après avoir attrapé au passage les verres pour pouvoir verser de l'eau à tout le monde. Comme je m'y attendais, on n'entendait que les bruits des couverts sur les assiettes. Ma mère avait encore les yeux rivés sur son téléphone, tandis que mon père ne regardait que son assiette. Comme c'était passionnant ! Une partie de moi fouillait dans mon cerveau pour essayer de trouver quelque chose à dire, n'importe quoi pour échapper à ce silence inconfortable, mais je n'y arrivais pas. Il valait mieux que je me taise, au fond. Si mes parents avaient envie d'engager la conversation, ils le feraient. Mais personne n'a parlé de tout le reste du repas, jusqu'à ce que je me lève pour aller déposer mon assiette dans le lave-vaisselle. Je savais que mes parents passeraient le reste de la soirée au salon, tandis que, moi, je resterais dans ma chambre. Comme d'habitude.

Chapitre 4

LE MARDI SUIVANT, j'ai décidé de sécher les cours. À dix-sept ans, je n'avais presque jamais manqué l'école, principalement parce que je détestais prendre du retard. Comme j'avais la chance d'avoir un bon système immunitaire, j'étais très rarement malade. Je n'étais pas allée en classe le lendemain du décès de Francine, mais ça me semblait une raison valable. De toute façon, je n'avais rien manqué d'important.

Pourtant, cette fois, je ne pouvais pas faire autrement. Nous étions mardi, soit le jour où je devais recevoir mon jeu de Ouija. Je ne savais pas à quelle heure le facteur passerait, mais j'espérais que ce serait dans l'après-midi, histoire que mes parents ne le voient pas. Ça aurait été leur genre, surtout à ma mère, d'ouvrir un colis juste pour me surveiller.

Honnêtement, je pense qu'ils auraient préféré y trouver de la drogue plutôt qu'un jeu de Ouija. Je n'exagère même pas. Pour eux, je ne pouvais rien faire de pire que de leur manquer de respect, et j'avais l'impression que c'est ce qu'ils croiraient en découvrant ce jeu. Ils ne comprendraient pas que j'avais simplement besoin d'avoir des réponses, besoin de savoir si Francine était encore en partie ici.

À l'heure du déjeuner, j'ai mis mes affaires dans mon sac à dos et je suis partie. Depuis la mort de Francine, je prenais beaucoup moins de place ; je m'étais comme effacée. C'était assez facile pour moi de passer inaperçue. De toute façon, moi qui ne manquais jamais l'école, je ne risquais pas grand-chose.

J'ai marché vers ma petite voiture, qui était garée au fond du parking. À mon école, les élèves de cinquième secondaire* avaient un parking juste pour eux, situé tout près de l'entrée de la salle où se trouvaient leurs casiers, mais assez reculé pour qu'ils aient la paix. Je garais toujours ma voiture le plus loin possible pour éviter de me faire accrocher. Il faut dire que les autres élèves ne faisaient pas très attention dans le parking, multipliant les accrochages avec leurs voitures. Ça ne semblait

---

* Au Québec, on fréquente l'école secondaire pendant cinq ans, de la première à la cinquième, de 12 à 17 ans.

peut-être qu'un détail : un véhicule s'use forcément avec le temps, mais ma voiture était ma fierté. Mon père me l'avait offerte pour mon dix-septième anniversaire : une magnifique Versa rouge, neuve et tout équipée. Il avait posé des conditions : je devais être extrêmement prudente, ne jamais amener plus d'une personne avec moi la première année, et apprendre un peu la mécanique pour pouvoir me débrouiller en cas de panne. Évidemment, je m'étais empressée d'accepter : après tout, avoir sa propre voiture neuve à dix-sept ans, c'était le rêve ! Mon père avait donc passé un week-end entier à me montrer comment fonctionnait en gros mon auto afin que je sois en mesure de repérer un éventuel problème.

Quand j'ai voulu prendre ma clé dans la poche de mon jean, en arrivant près de ma voiture, elle est tombée par terre. En soupirant, je me suis penchée pour la ramasser. Alors que je me relevais, mon regard s'est posé sur le devant de l'auto : le capot n'était pas bien fermé, comme si quelqu'un avait appuyé sur le loquet de déverrouillage. Le problème, c'est que le loquet en question se trouvait à l'intérieur, sur le côté de mon siège. Il était impossible que je l'aie accroché par accident, en prenant mon sac par exemple, parce qu'il était trop en retrait pour que ça arrive.

Le cœur battant un peu plus vite, j'ai commencé à inspecter ma voiture. À part le capot, rien ne semblait anormal. Pas de bosses, pas de rayures.

Je me suis penchée pour vérifier si quelque chose coulait ou s'il n'y avait pas d'odeur bizarre. Je n'ai rien vu ni senti. Avant d'ouvrir les portières, je les ai vérifiées une par une pour m'assurer que je n'avais pas oublié d'en verrouiller une. Peut-être que quelqu'un avait voulu me faire une mauvaise blague et s'était introduit dans ma voiture parce que je l'avais mal fermée. Non, les deux portières et le hayon étaient bel et bien verrouillés. Je suis retournée devant le capot, passant mes mains dans l'ouverture pour pouvoir appuyer sur le loquet qui me permettrait de l'ouvrir au complet.

Une fois le capot relevé, je me suis mise à inspecter le moteur pour m'assurer que tout était comme d'habitude. Je n'aurais pas pu déterminer exactement s'il y avait un problème, mais je serais au moins capable de voir si quelque chose n'était pas à sa place. Mes yeux se promenaient dans tous les sens, espérant trouver une réponse, mais encore une fois, non, rien d'anormal.

Je n'arrivais pas à expliquer de façon rationnelle ce qui s'était passé. Est-ce qu'un capot peut s'ouvrir tout seul ? Si oui, ça pouvait être dangereux ! Je n'habitais pas très loin de l'école, mais je devais tout de même rouler pendant dix minutes sur l'autoroute. Un capot qui s'ouvre sur une voie rapide, à plus de cent kilomètres à l'heure, ça peut avoir des conséquences désastreuses.

J'avais des frissons juste à y penser. Heureusement que j'avais laissé tomber ma clé ! Mon cœur recommençait à battre normalement. Pas besoin de m'en faire avec cela ; peu importe la raison pour laquelle le capot s'était ouvert, j'allais juste devoir être plus prudente à l'avenir. Je l'avais remarqué et c'était tout ce qui comptait. J'ai ouvert ma portière, balancé mon sac à dos sur le siège passager et inséré la clé dans le contact.

Mais, alors, impossible de la tourner.

Elle était bloquée et refusait de pivoter vers la droite pour que je puisse faire démarrer ma voiture.

J'ai fermé les yeux et respiré profondément. La colère et la panique ne m'aideraient pas. J'ai réessayé de tourner la clé : toujours rien. J'ai mis les mains sur le volant, qui refusait aussi de bouger. Il était complètement bloqué, malgré les nombreux mouvements. C'était la première fois qu'un truc de ce genre m'arrivait, et je ne savais absolument pas quoi faire. J'ai pris mon téléphone pour faire une recherche rapide sur Internet, voir si je pouvais trouver une solution par moi-même avant d'appeler quelqu'un.

Ah, bingo !

Selon le site que j'avais trouvé, cela arrivait parfois quand les roues se coinçaient. Il suffisait de jouer un peu avec le volant et la clé pour que tout se débloque.

Au bout de quelques tentatives, ça a marché. J'allais enfin pouvoir retourner chez moi. Après avoir démarré ma voiture, je me suis quand même arrêtée un instant. Et s'il y avait un autre problème, encore plus grave que les deux précédents ? J'ai secoué la tête, chassant cette mauvaise pensée. Non, ces deux problèmes n'étaient pas graves du tout et ce n'était qu'une coïncidence qu'ils soient arrivés en même temps.

J'ai roulé jusque chez moi sans problème, ce qui m'a soulagée. Ayant une grande imagination, je m'étais vue sur le bord de l'autoroute, ma voiture en feu, en train d'appeler mon père en pleurant. Mais, bien sûr, rien de tout ça n'était arrivé.

J'ai garé ma voiture à l'endroit habituel. En sortant, j'ai vu un colis posé sur le pas de la porte. Mon cœur s'est mis à battre la chamade. Les voitures de mes parents n'étaient pas dans la rue. Cela signifiait qu'ils étaient encore au travail. Ma mère avait un horaire assez irrégulier, ce qui aurait pu compliquer les choses, mais il faut croire que la chance était de mon côté. Après avoir verrouillé ma voiture, je me suis approchée de la maison pour vérifier le destinataire du colis. C'était pour moi. J'ai ressenti un énorme soulagement. Mes parents ne verraient rien. Ouf ! J'ai rapidement pris le paquet et j'ai ouvert la porte de la maison, la refermant tout de suite derrière moi. J'avais peut-être eu de la chance jusque-là, mais un de mes parents pouvait encore me surprendre avec un colis suspect dans les mains. J'ai enlevé mes chaussures et je me suis précipitée à l'étage. J'avais l'impression de tenir une bombe, prête à exploser. J'ai traversé le couloir pour me rendre à ma chambre, et j'ai fermé la porte, même si j'étais seule. Adossée contre le battant, j'ai de nouveau poussé un soupir de soulagement. Je l'avais enfin, l'outil qui me permettrait de parler avec Francine dans l'au-delà. Ou peu importe où elle se trouvait. Toujours appuyée à la porte, j'explorais ma chambre du regard : où est-ce que j'allais bien pouvoir cacher le jeu ? C'est bien de l'avoir fait entrer dans la maison, mais il fallait maintenant le mettre dans un endroit sûr.

Comme ma chambre se trouvait au bout du couloir, personne ne passait jamais devant. La majorité du temps, mes parents respectaient mon intimité et frappaient toujours avant d'entrer. Je savais bien qu'il y avait peu de chances qu'ils viennent fouiller dans ma chambre, mais je préférais ne pas prendre de risques.

La pièce était grande, mais plutôt épurée. Je n'avais pas beaucoup de meubles, ce qui réduisait les endroits où on pouvait cacher quelque chose. J'ai tout de suite éliminé ma penderie, car ma mère venait parfois y ranger mes vêtements propres. À droite, il y avait une grosse commode, mon coin maquillage et un énorme miroir. Aucun endroit pour cacher la boîte du Ouija. Je n'avais pas plus d'espace dans mon bureau de travail, ni sous mon lit. Finalement, comme ce dernier était placé contre le mur, j'ai tout simplement glissé le jeu derrière la tête de lit. Il était bien caché et je doutais fortement que mes parents puissent le trouver.

Maintenant, il ne restait plus qu'à attendre qu'ils soient endormis pour utiliser le Ouija.

Chapitre 5

IL ÉTAIT 2 h du matin. En général, mes parents se couchaient vers minuit, mais je voulais m'assurer qu'ils étaient réellement endormis avant de continuer ma mission. J'ai tout de même pris la peine de verrouiller la porte de ma chambre. Je me suis alors installée sur mon lit, et c'est en retenant ma respiration que j'ai ouvert la boîte du jeu. À l'intérieur, une grande planche rectangulaire noire et or. Elle indiquait les vingt-six lettres de l'alphabet, écrites sur deux lignes, ainsi que les chiffres de 0 à 9. Dans le coin gauche, il y avait un dessin de soleil avec un « OUI » et, dans le coin droit, une lune avec un « NON ». Enfin, dans la partie inférieure de la planche, on pouvait lire les mots « AU REVOIR ». La boîte contenait également un petit morceau de bois en forme de goutte d'eau, avec un trou au milieu, et un livret d'instructions. Ça m'a fait rire. Qui a besoin d'un livret d'instructions quand il désire invoquer les esprits ? Ridicule. J'ai tout de même décidé de les lire, au cas où.

Je savais un peu comment le Ouija fonctionnait, car Francine m'en avait déjà parlé, précisant qu'il s'agissait avant tout d'un jeu commercial et qu'il ne fallait pas trop le prendre au sérieux. Selon elle, il ne valait pas la peine de courir le moindre risque avec ce jeu. Je n'avais jamais compris ce qu'elle voulait dire par là : le risque de quoi, au juste ? J'avais de la difficulté à croire qu'un simple jeu en carton allait me permettre d'entrer en contact avec l'au-delà, même si j'essayais très fort d'y croire. Après tout, c'était mon seul espoir de faire mes adieux à Francine.

En lisant les instructions, j'ai réalisé que j'avais oublié un détail important : pour utiliser une planche Ouija, il faut obligatoirement être au moins deux. J'ai ravalé ma déception. Ça allait devoir attendre, visiblement. Je ne pouvais pas croire que j'avais oublié cet élément. Stupide ! Qui allait m'aider maintenant ? Certainement pas mes parents ; ça, c'était hors de question. J'allais devoir me tourner vers mes amies, mais qui ?

Olivia. Je l'ai connue à douze ans, lors de notre première journée au secondaire. Nous étions assises côte à côte, et c'est tout naturellement que nous sommes devenues amies. Au fil des jours, notre groupe d'amies s'est agrandi. Nous étions cinq filles, toutes très proches, issues du même quartier avec le même genre de famille. Olivia, Camille, Alexia, Zoé et moi, Elsie. Je ne peux plus compter le nombre de fois où nous sommes allées dormir les unes chez les autres. En fait, nous étions pratiquement des sœurs, malgré toutes nos différences. Cependant, Olivia et moi étions beaucoup plus proches que les autres. Malgré le fait que nos personnalités sont totalement à l'opposé, c'était toujours vers elle que je me tournais en premier. Moi, j'ai tendance à être plutôt effacée, tranquille, alors qu'elle, c'est un volcan qui menace d'exploser à tout moment. On dirait un mannequin, toujours bien habillée et avec de longs cheveux blonds. Elle a l'air d'un ange, mais en réalité elle est arrogante ; elle répond constamment aux gens, surtout aux professeurs. Elle n'a pas peur d'envoyer promener les autres quand ils ne sont pas d'accord avec elle, et elle n'a pas nécessairement une réputation de bonne élève. Pourtant, tout le monde veut être son amie. En dépit de tous ses défauts, c'est une fille adorable, toujours prête à aider ses amis proches.

Cela dit, depuis quelques semaines, notre petit groupe d'amies s'était un peu dissout.

Pour célébrer ses dix-sept ans, Camille avait décidé d'organiser une énorme fête chez elle. Ses parents étaient partis pour le week-end et, leur faisant confiance, ils leur avaient laissé la maison, à elle et à sa sœur aînée. Quand Camille avait commencé à parler de cette fête, deux semaines à l'avance, je savais déjà que c'était une mauvaise idée. À dix-sept ans, je n'avais jamais participé à ce genre d'évènement. Même si j'avais envie de voir comment ça se passait, j'avoue que j'aimais bien mon innocence de ce côté-là. À force d'écouter les aventures de mes camarades de classe, je savais que ces fêtes se finissaient rarement bien. Cependant, j'avais envie d'indépendance, car mes parents ne m'en laissaient aucune. J'avais aussi envie de me laisser aller, de faire la fête, d'oublier ma peine d'amour.

Cette soirée-là a probablement été l'une des pires de toute ma vie. Nous avions donné de l'argent à la sœur de Camille, qui avait dix-neuf ans, pour qu'elle nous achète de l'alcool fort, de la bière et de quoi se faire des cocktails. J'ai commencé à boire vers 18 h, tranquillement, les verres que mes amies me préparaient. Puis ça a été la bière lorsque les autres invités sont arrivés. Vers 22 h, j'en étais aux shooters de vodka, que je prenais en quantité phénoménale. J'avais l'impression d'être dans un autre monde. Je n'avais plus le contrôle de mes mouvements, ni de ma tête. Je dansais et je me sentais tellement, tellement légère. Je me souviens aussi que je riais sans cesse. Tout me faisait rigoler. Mon reflet dans le miroir, mes amis, même l'idée d'être maintenant célibataire. J'étais joyeuse comme je ne l'avais pas été depuis un bon moment. Aussitôt que les effets de l'alcool se dissipaient, je reprenais un verre, histoire de profiter le plus possible de ce bonheur éphémère. Je savais que ça risquait de me retomber en pleine face, mais je n'en avais rien à foutre.

J'avais été bien punie, puisque j'avais passé tout le reste de la nuit à vomir dans les toilettes, avec Alexia qui me caressait les cheveux en me disant que tout irait bien. J'avais fini par m'endormir, couchée à côté de la toilette, sur la céramique froide, pour me réveiller le lendemain matin complètement perdue. J'avais toujours un atroce mal de cœur, et ma tête menaçait d'exploser.

Camille était furieuse parce que j'avais ruiné le tapis de ses parents. Olivia m'en voulait également, d'abord parce que j'avais vomi sur ses nouvelles chaussures et, ensuite, parce que j'avais embrassé Joey. Ce que, d'ailleurs, je ne me rappelais pas du tout. Alexia m'a juré qu'il ne s'était rien passé de plus, mais je ne me souvenais tellement de rien que je me suis promis de ne plus jamais boire. C'est avec une honte totale que je suis partie avec Alexia, chez elle, le temps de finir de dégriser. Je ne pouvais pas rentrer chez moi dans un tel état, de peur de me faire renier par mes parents, mais aussi parce qu'il valait mieux que je ne prenne pas le volant : il restait forcément un peu d'alcool dans mon sang.

Depuis cet évènement, il y avait un froid entre nous toutes. Je ne sais pas trop pourquoi, d'ailleurs. Comme si j'étais la première personne à faire des conneries sous l'effet de l'alcool ! J'étais beaucoup trop orgueilleuse pour faire les premiers pas, si bien que je passais le plus clair de mon temps seule. Deux semaines après la fête de Camille, Francine était morte. Je m'étais encore plus renfermée sur moi-même et j'avais encore moins envie de retrouver mes amies. L'orgueil avait laissé place à la tristesse et je ne me sentais pas la force de m'expliquer avec elles. Mes amies n'avaient pas vraiment non plus tenté de reprendre contact avec moi. Évidemment, elles m'avaient toutes envoyé des messages de condoléances lorsqu'elles avaient appris le décès de Francine. J'aurais pu profiter de cette occasion pour me rapprocher d'elles, mais j'avais préféré les remercier brièvement et continuer à faire mes affaires de mon côté. Je me doutais qu'elles étaient encore furieuses contre moi, mais que les conventions sociales les obligeaient à m'écrire un mot dans les circonstances. Cela m'importait peu. De toute façon, depuis la mort de Francine, plus rien n'avait réellement d'importance. La seule avec qui j'étais encore en contact, c'était Alexia, puisque nous étions dans la même classe, mais en général nos échanges ne sortaient pas de l'école. En dehors, j'étais seule.

Bref. Je n'avais pas parlé à Olivia depuis près de deux mois, mais je savais que si quelqu'un pouvait m'aider, c'était bien elle. Elle connaissait un peu Francine, puisqu'elle était déjà allée chez elle. Je crois qu'elle l'appréciait, ou du moins qu'elle aimait bien l'écouter parler. Machinalement, j'ai pris mon téléphone, j'ai ouvert la messagerie et j'ai écrit le nom d'Olivia. Mes doigts couraient tout seuls sur le clavier, composant un message sans trop y penser. J'avais peur de le regretter en fait. J'ai à peine eu le temps d'écrire le dernier point que j'ai appuyé sur « Envoyer ».

« *Hey. Ça fait longtemps. J'aimerais qu'on se parle demain. Ça a trop duré.* »

J'ai refermé mon téléphone. Je n'espérais pas avoir une réponse à cette heure tardive. Je savais que je n'arriverais pas à dormir de sitôt. Alors, après avoir remis mon jeu de Ouija dans sa boîte, je me suis installée dans mon lit avec mon ordinateur. Sous les couvertures, j'ai ouvert Internet et j'ai tapé « Comment faire une séance de Ouija ».

Chapitre 6

INUTILE DE DIRE que je n'ai pas dormi de la nuit. Chaque recherche Internet m'amenait à me questionner encore plus et à revoir ma technique pour contacter Francine. Si je voulais m'assurer de pouvoir lui parler, je ne devais pas prendre ça à la légère. C'était ma dernière chance de savoir s'il y avait réellement quelque chose après la mort. J'avais attendu assez longtemps pour avoir des signes de Francine sans qu'elle se manifeste. Je devais donc prendre les grands moyens. Toute la nuit, j'avais navigué sur différents sites, regardé des vidéos et pris le plus de renseignements possible sur la façon de mener une séance de Ouija. J'avais noté tout ce qui me semblait important dans un carnet, autant les risques que les précautions à prendre. Après plus de cinq heures de recherches, je considérais en avoir assez lu pour ne pas mettre ma vie en danger en jouant avec les esprits. Je désirais parler à Francine et à personne d'autre. Je n'avais aucune mauvaise intention ; je voulais simplement être en mesure de lui dire au revoir de façon correcte. Je m'étais promis que si j'arrivais à la contacter, je brûlerais le jeu et n'y jouerais plus jamais. Elle méritait de reposer en paix.

Comme je devais aller à l'école, j'ai fermé mon ordinateur à contrecœur, je l'ai mis à charger et j'ai commencé à me préparer. La majorité de mes vêtements traînaient par terre, comme d'habitude, ce qui rendait ma tâche beaucoup plus ardue. J'ai fini par choisir un jean simple et un pull bleu foncé. N'ayant pas envie de faire des efforts ce matin-là, j'ai remonté mes cheveux bruns en chignon et j'ai seulement appliqué une mince couche de mascara sur mes cils ainsi qu'un peu de blush. Malgré mes cernes, j'étais présentable. Alors que je me regardais dans le miroir, mes yeux se sont posés sur le carnet rose dans lequel j'avais pris des notes. Je me suis dit qu'il valait mieux ne pas le laisser traîner. Je savais que personne n'entrerait dans ma chambre aujourd'hui, mais je ne voulais courir aucun risque. En glissant le carnet dans mon sac, j'ai vu que j'avais toujours l'ouvrage que j'avais pris chez Francine, *Le livre des esprits*. Mmm. Je devrais peut-être le lire avant de faire ma séance de Ouija.

À cet instant, un « ding » provenant de mon téléphone m'a fait sursauter. Je l'ai débranché de son socle de chargement, puis j'ai regardé de qui le message provenait.

C'était Olivia.

J'ai retenu mon souffle avant d'ouvrir le message.

« *OK, viens me voir à l'école.* »

C'était tout ? OK, oui, j'allais assurément la voir à l'école. Non seulement elle me manquait, mais j'avais également espoir qu'elle pourrait m'aider à parler à Francine.

En haussant les épaules, j'ai mis mon téléphone dans la poche arrière de mon jean et je suis sortie de ma chambre. Comme tous les matins, j'ai traversé le long corridor sombre qui menait jusqu'à l'escalier. Je ne sais pas pourquoi, mais il faisait froid. Je me suis empressée de descendre au rez-de-chaussée, où il allait faire un peu plus chaud.

Il n'était que 8 h 15, mais j'étais seule à la maison. Souvent, mes parents partaient très tôt, sans même me dire au revoir. Ça ne me dérangeait pas trop, puisque j'étais capable de me débrouiller toute seule. Cela dit, ce jour-là, j'aurais tout donné pour avoir un semblant de conversation humaine avec quelqu'un, même si ça se résumait à des banalités quotidiennes. Je me suis rendue à la cuisine pour tenter de manger un peu, même si je n'avais pas faim. J'avais une boule dans l'estomac et je ne me sentais pas très bien.

J'ai rapidement attrapé quelques trucs qui pouvaient se manger sur le pouce, tout en regardant la météo du jour sur mon téléphone. Nous étions au début du mois de mai et, malgré le fait qu'il n'y avait plus de neige, il subsistait un petit vent froid qui me forçait à porter encore des bottes et un manteau. Aujourd'hui ne faisait pas exception à la règle, mais, contrairement aux derniers jours, il allait pleuvoir le soir.

J'ai pris ma voiture et j'ai parcouru les quelques kilomètres qui séparaient ma maison de mon école. J'avais dû emprunter ce chemin des centaines de fois au fil des années, mais pourtant, ce matin-là, je me sentais très nerveuse. J'avais peut-être peur de parler à Olivia. Je ne sais pas. Son message était tellement vide de sens. Elle avait accepté de me voir aujourd'hui, mais quand exactement ? À quelle heure ? Jamais je ne réussirais à passer la journée dans un tel état de fébrilité. J'allais mourir de stress bien avant.

J'ai pris une grande inspiration. Ce n'était qu'un mauvais moment à passer. Une fois que nous nous serions parlé, je serais au moins fixée sur la situation entre Olivia et moi.

Je suis arrivée à l'école à 8 h 35. Mes cours ne commençaient pas avant 9 h 15. Ça me laissait quand même pas mal de temps pour aller parler à Olivia.

Au moment où j'allais sortir mon téléphone de ma poche pour lui demander si elle voulait qu'on se rejoigne quand elle arriverait à l'école, il s'est mis à vibrer. Optimiste, j'ai tout de suite regardé l'écran pour voir de qui le message venait.

C'était ma mère.

«*Bonne journée Elsie! Travaille bien. Maman xxx*»

Ravalant ma déception, j'ai ouvert la porte pour entrer dans l'école. Tout en marchant vers la cafétéria, je tentais de trouver un plan. Alors que je traversais l'immense salle, je me suis mise à observer tous les élèves qui étaient déjà là à cette heure matinale. Plusieurs mangeaient en bavardant, certains terminaient leurs devoirs avec un air désespéré, d'autres se maquillaient… Mais, de toutes les filles présentes, aucune n'était Olivia.

J'ai continué d'avancer, déterminée à la trouver par moi-même sans avoir à lui envoyer de message. J'avais des principes, tout de même. Je n'avais aucune idée de la façon dont notre rencontre allait se dérouler, mais tout ce que je savais, c'est que j'avais fait les premiers pas la veille et que je n'allais certainement pas recommencer aujourd'hui.

En arrivant à mon casier, j'ai constaté qu'Olivia m'attendait déjà, scotchée à son téléphone. Mon cœur s'est mis à battre plus fort. Ça y était, impossible de reculer maintenant. Tandis que j'avançais vers elle, elle a soudain relevé la tête.

J'ai ouvert la bouche pour parler, mais elle s'est précipitée dans mes bras pour me serrer contre elle. J'en suis restée abasourdie.

– Si tu savais à quel point je suis contente de pouvoir faire ça !

– Je croyais que t'étais fâchée ? lui ai-je dit en m'écartant d'elle.

Olivia m'a regardée d'un air surpris.

– Mais non, c'est toi qui étais fâchée !

– Arrête ! Tu m'en voulais à mort le soir de la fête de Camille…

– Oui, pendant quelques jours. Mais après…

Mais après, Francine était décédée. C'est ce qu'Olivia voulait dire, mais elle était mal à l'aise.

– Ben, tu sais, Elsie, après le… décès de Francine, on a tenté de te contacter pour qu'on puisse discuter, mais, à part un « merci », t'as complètement ignoré nos messages. On s'est dit qu'on n'allait pas insister, que tu devais avoir de la peine, mais après quelques jours… ben, on a pensé que tu voulais plus nous parler.

– Évidemment que j'étais triste… Ça a été horrible. Ça l'est encore.

Les larmes me sont montées aux yeux. Merde. Je n'avais vraiment pas envie de pleurer devant Olivia. Je me suis mordu les lèvres et j'ai détourné le regard. En baissant la tête, je me suis discrètement épongé les yeux avec la manche de mon pull. Lorsque j'ai relevé la tête, Olivia me fixait.

– Et si on passait à autre chose ? Visiblement, on n'était pas du tout sur la même longueur d'onde et ça sert à rien de rester dans le passé. T'es ma meilleure amie, Elsie. Tu m'as manqué et j'ai envie d'être là pour toi.

Cette fois, c'est moi qui l'ai serrée dans mes bras. J'étais tellement, tellement soulagée. J'avais eu beau faire ma forte, devoir vivre le décès de Francine toute seule, c'était loin d'être facile.

– Tu m'as manqué aussi, tu sais. Je pense que, vers la fin, j'avais juste trop d'orgueil pour reprendre contact. Mais là... c'est différent.

– Différent ? Tu veux dire quoi ? m'a demandé Olivia d'un air suspicieux.

J'ai respiré profondément avant de répondre :

– En fait... j'ai un gros service à te demander et je ne suis pas sûre de la façon dont tu vas réagir.

Ça y était, j'avais piqué sa curiosité. Olivia me regardait avec de grands yeux, un peu incertaine de la suite des choses.

– Euh... OK...

– Viens, on va s'asseoir, lui ai-je dit en lui faisant signe de s'installer par terre avec moi.

Nous nous sommes assises toutes les deux, adossées à mon casier, afin que je lui raconte tout ce qui s'était passé. J'ai commencé par la mort de Francine, puis par le déclic qui m'avait fait réaliser que je devais essayer de la contacter si je voulais faire mon deuil. Les mots coulaient de ma bouche sans que je m'en rende vraiment compte. Quand j'ai finalement terminé mon histoire, elle m'a de nouveau regardée droit dans les yeux.

– Donc… tu veux que je fasse la séance avec toi, c'est ça ?

Oh, ça avait été encore plus simple que je ne l'avais cru. Je n'avais même pas eu besoin de le lui demander.

– Oui, c'est ça.

Olivia me regardait toujours d'un air ébahi. Elle allait dire non, c'était évident.

– Je ne veux juste pas que tu penses que j'ai voulu reprendre contact avec toi juste pour ça. Ça fait un moment que j'y pense, en fait… Mais là, j'ai vraiment besoin de toi. Tu connaissais un peu Francine, tu es ouverte d'esprit et… En fait, t'es la seule personne avec qui j'ai envie de vivre cela, lui ai-je dit rapidement.

J'avais tellement peur qu'elle refuse. Chaque fois que j'avais imaginé ce moment, j'avais pensé qu'elle dirait non. Pourquoi aurait-elle accepté ?

– Ouais, d'accord. Tu veux faire ça quand ?

Waouh. Elle avait dit oui ? Comme ça ? Sans plus de détails ?

– Attends, t'es sérieuse là ?

– Bah, oui. Tu m'as demandé de le faire avec toi, évidemment que je vais dire oui. Mais je ne connais rien là-dedans, donc faudra que tu me guides, je ne sais pas…

OH. MON. DIEU. ELLE AVAIT DIT OUI.

Ne pouvant retenir ma joie, je l'ai tirée vers moi pour lui faire un câlin.

– OK ! Vendredi, tu fais quoi ? Mes parents ne seront pas là le soir, nous serions tranquilles, je pense.

La cloche annonçant que le premier cours allait débuter dans cinq minutes a retenti.

– Va pour vendredi ! Je vais chercher mes affaires, on se revoit plus tard, OK ? m'a lancé Olivia en se levant et en s'éloignant vers le bout du couloir.

Tandis que je me retournais vers mon casier, j'ai ressenti un soulagement incroyable, même si j'avais une espèce de boule dans l'estomac. Une partie de moi voulait croire que tout reviendrait comme avant, mais l'autre partie doutait. Est-ce que ça avait réellement été aussi simple que ça ? Nous étions redevenues amies, comme si rien n'était arrivé ? Mais surtout…

Allions-nous vraiment appeler Francine dans l'au-delà pour tenter de communiquer avec elle ?

La journée m'a paru terriblement longue et pénible. Vu que je n'avais pas dormi de la nuit, j'attendais avec impatience le moment où j'allais pouvoir rentrer chez moi. Lorsque la dernière cloche de la journée a sonné, je me suis empressée de ramasser mes affaires. Malgré la horde d'élèves qui se déplaçaient dans les couloirs de l'école, je marchais rapidement en regardant droit devant moi, ignorant tout le monde. Au bout de cinq trop longues minutes, j'étais enfin arrivée à mon casier. J'ai ouvert mon cadenas et j'ai lancé mes cahiers et mes livres au fond, sans me soucier de l'endroit où ils tombaient.

– Il y en a une qui a passé une mauvaise journée, je crois !

En sursautant, je me suis retournée pour voir de qui venaient ces paroles. Peut-être ne m'étaient-elles même pas adressées.

– Ça va aller, Elsie ? m'a lancé Felix en esquissant un petit sourire.

– Oui, Felix, ça va, j'ai juste eu une longue journée et j'en peux plus !

Je me suis surprise à lui sourire. Du coin de l'œil, en tentant de ramasser quelques cahiers qui étaient finalement tombés par terre, je l'observais.

Felix était en cinquième secondaire comme moi. Il venait d'arriver à mon école. Avant, il allait dans un établissement scolaire privé. Nous n'avions jamais eu la chance de nous parler ailleurs qu'en classe, mais il avait l'air très gentil. Son casier était juste à côté du mien. Comme j'y passais très peu de temps, nous ne nous croisions pas souvent. J'ai pris mon sac et, en refermant la porte de mon casier, j'ai relevé les yeux vers Felix. Adossé à son propre casier, il me regardait en souriant. Un sourire en coin, légèrement moqueur, mais qui semblait sincère.

– Et toi, ça va? lui ai-je demandé, un peu mal à l'aise.

– Mmm, oui, ça va, a-t-il répondu.

Cette conversation ne semblait mener nulle part. Je lui ai fait un sourire gêné, le signal universel pour mettre fin à une discussion, quand il s'est tout à coup rapproché de moi.

– J'espère que ça ne te dérange pas, que je te parle. On n'a jamais eu l'occasion de le faire, pourtant j'ai toujours trouvé que tu avais l'air intéressante.

Waouh. Je me suis figée. Moi, intéressante? J'ai eu un petit rire nerveux, tout en fixant le sol.

– Pourquoi tu dis ça? Justement, on n'a jamais parlé...

– D'abord, tu es particulièrement jolie. Mais ce qui me charme, c'est ta personnalité énigmatique.

En l'observant à la dérobée, je réalisais qu'il était plutôt beau garçon. Il était grand, bien plus que moi. De grands yeux verts, bordés de longs cils noirs. Ses cheveux châtains, coupés assez court, étaient toujours bien coiffés, et il avait l'air de sortir d'un magazine de mode avec ses vêtements dernier cri. Ce qui m'impressionnait, surtout, c'était son sourire. Je n'avais jamais remarqué à quel point il avait un beau sourire.

– Oh, ben, merci, j'imagine ?

Petit rire nerveux à nouveau. J'avais envie de me gifler mentalement. Felix était en train de me dire qu'il me trouvait intéressante et, moi, je ne trouvais rien de mieux à répondre ? Vraiment ?

– Je sais qu'on ne se connaît pratiquement pas, mais... je ne sais pas, si tu as envie de parler, ou de faire autre chose, on pourrait aller prendre un café ou aller ailleurs, c'est comme tu veux, a-t-il déclaré en plantant son regard dans le mien.

Oh, mon Dieu ! Oh, mon Dieu ! Oh mon Dieu ! Est-ce qu'il venait réellement de me proposer un rendez-vous ?

Comme il mesurait près de deux têtes de plus que moi, je me sentais toute petite.

Oh, Seigneur, il attendait une réponse.

– Euh... ben, je... Oui, pourquoi pas ?

Je me suis étonnée moi-même.

En fait, je pense que sa demande m'avait tout simplement prise au dépourvu. Je ne m'attendais pas spécialement à me faire proposer un rendez-vous juste à côté de mon casier.

Le sourire de Felix s'est soudain agrandi. Il a sorti son téléphone de sa poche et a ajouté un nouveau contact. Il a ensuite mis l'appareil dans mes mains.

– Génial, alors ! Écris-moi ton numéro, on pourra en parler plus longuement !

J'ai rapidement fait ce qu'il me demandait. On dit que la vie nous surprend parfois alors qu'on ne s'y attend vraiment pas ; c'était le cas ce jour-là ! Après avoir inscrit mon numéro, j'ai rendu le téléphone à Felix.

– Bon, ben... tu m'écriras ! Bonne fin d'après-midi !

Puis je suis partie, sans même attendre sa réponse.

Chapitre 7

MACHINALEMENT, J'AI OUVERT la portière de ma voiture, mis la clé dans le contact et conduit jusqu'à la maison. Quinze minutes plus tard, j'étais enfin arrivée chez moi. Sans grande surprise, j'étais seule. Parfait. Ça allait me faciliter la vie pour la suite des choses.

Comme Olivia et moi avions prévu de faire la séance de Ouija le week-end suivant, je devais tout préparer et m'assurer que nous aurions ce qu'il nous faudrait sous la main. Mes recherches de la nuit précédente m'avaient fait réaliser que contacter l'au-delà avec un simple jeu de table était plus compliqué que ça en avait l'air. Il y avait des règles à respecter, des démarches à suivre et des objets à utiliser, objets que j'étais à peu près sûre de ne pas avoir à la maison. Comme de l'encens et de la sauge, une substance aromatique et une plante à faire brûler pour tenir les esprits mal intentionnés à distance. Si on n'en avait pas, avais-je lu dans un article, les conséquences pouvaient être désastreuses. Je ne savais pas trop ce que ça signifiait, mais comme je n'avais que très peu d'expérience dans ce domaine, je ne voulais pas prendre de risques. Cela dit, je n'avais aucune idée de l'endroit où m'en procurer. Dans les magasins spécialisés ? En ligne ?

Chez Francine ? Ou peut-être… au grenier ?

Quand j'étais petite, je n'avais pas le droit d'aller dans cette partie de la maison. Selon mes parents, il n'y avait là rien d'intéressant pour moi. Lorsque nous avions emménagé, ils avaient pratiquement condamné le grenier, parce qu'il était rempli de boîtes qui appartenaient à une famille qui avait vécu dans la maison avant nous. Nos affaires à nous, celles dont nous ne nous servions pas, se trouvaient au sous-sol, si bien que nous n'utilisions tout simplement pas le grenier. En fait, je ne me rappelais même pas y être déjà montée.

Je commençais à descendre l'escalier pour me rendre au sous-sol quand j'ai subitement pivoté sur moi-même afin de prendre la direction du grenier. Ça avait été comme une impulsion, comme si je m'étais sentie guidée. Pourquoi aller au grenier alors que mes parents n'avaient pas dû y mettre les pieds depuis des années, et qu'il était rempli de choses ne nous appartenant pas ? Pourtant, si jamais nous possédions de la sauge et de l'encens, ils ne pouvaient être qu'au sous-sol.

Je continuais cependant mon chemin en direction du grenier. La minuscule porte y donnant accès se trouvait au bout du corridor, à l'opposé de ma chambre, juste à côté de celle de mes parents. Elle donnait sur un petit escalier d'une vingtaine de marches. Avant de commencer à le monter, j'ai pris la peine d'allumer la fonction « lampe de poche » de mon téléphone. Je me doutais bien qu'il n'y avait pas d'interrupteur, et comme je ne savais pas du tout dans quel état était le grenier, je voulais éviter de me blesser. Guidée par la lumière de mon téléphone, j'ai monté l'escalier. Il n'était pas haut, mais très étroit, et les marches craquaient tellement que j'avais peur qu'elles ne s'effondrent sous mes pieds. J'ai pressé le pas, inquiète. Arrivée à la dernière marche, j'ai tout de suite mis la main sur la poignée de la porte pour vite l'ouvrir. À la lueur du téléphone, qui n'éclairait que faiblement la pièce, j'ai observé ce qu'il y avait en face de moi. Le grenier était une grande pièce sans mur qui, selon mes estimations, devait se trouver au-dessus de la chambre de mes parents et de leur salle de bain.

Il y avait plein de boîtes ici et là, certaines entassées les unes sur les autres, et une odeur horrible. Ça sentait le renfermé et il était évident que personne n'était venu ici depuis de nombreuses années. Je balayais la pièce avec la lumière du téléphone, curieuse de voir ce qui s'y cachait. Les boîtes semblaient avoir été balancées là sans aucun ordre. Parmi elles, on pouvait même voir plusieurs meubles comme des commodes et des fauteuils à bascule. Tout était très poussiéreux.

En soupirant, j'ai orienté la lumière vers mes pieds. Avant de commencer mon exploration, je voulais m'assurer qu'il n'y avait pas de planches cassées ou autre chose de dangereux sur le sol. Ne sachant pas trop par où commencer, je me suis approchée du premier fauteuil à bascule que j'ai vu. Il était complètement à ma droite, collé au mur, à peu près au centre du grenier, ce qui me permettrait d'avoir une vue d'ensemble sur la pièce.

Quand je me suis assise, un bruit sourd m'a fait immédiatement me relever. Le fauteuil devait être très vieux, car il émettait de tels craquements que je craignais qu'il ne casse si je restais dessus. Bon, j'allais devoir me mettre au travail plus vite que prévu.

J'ai commencé à fouiller dans le meuble qui se trouvait devant moi. C'était une énorme commode en bois massif brun à huit tiroirs. En ouvrant le premier, j'ai constaté qu'il était rempli de vêtements féminins. Comme il ne semblait contenir rien d'intéressant pour moi, je l'ai refermé afin d'ouvrir le deuxième. Rapidement, mon optimisme a disparu, puisque j'ai vu que les autres tiroirs ne renfermaient aussi que des vêtements de femme.

Bizarre. Qui laisserait une commode remplie de vêtements dans un grenier ? Il me semble qu'oublier une commode, c'est déjà assez improbable, mais encore plus si elle est remplie. Qu'avait-il bien pu arriver à la personne qui avait habité la maison avant nous pour qu'elle parte sans prendre ses vêtements ? Lorsque j'en ai eu fini avec cette commode, j'ai ouvert les tiroirs d'un autre meuble semblable. Ils contenaient également des vêtements de femme, mais cette fois, plus petits. Pour une adolescente, peut-être ?

Je ne me sentais pas très bien, tout à coup. C'était juste… étrange. Pourquoi avait-on laissé autant de vêtements ? Tout semblait avoir été abandonné. J'ai fouillé d'autres meubles. Encore des vêtements de femme, d'adulte, cette fois-ci. Des vêtements d'homme… De garçon… Rien de plus.

J'ai regardé dans une boîte qui était posée sur le sol, mais son contenu n'était pas plus intéressant. Des chaussures, des manteaux, d'autres vêtements. Frustrée, j'ai donné un coup de poing dans la boîte. En soupirant, je me suis relevée.

Soudain, une douleur fulgurante m'a traversé la hanche, en même temps qu'un énorme « bang » se faisait entendre sur le plancher du grenier. J'ai crié, autant de douleur que de peur. Instantanément, les larmes me sont venues aux yeux. Tenant ma hanche avec mes mains, j'ai pris de grandes respirations pour essayer de me calmer. Lorsque j'ai senti la douleur se dissiper, je me suis penchée pour prendre mon téléphone, qui était tombé par terre. C'est alors que je me suis rendu compte qu'une grosse boîte s'était fracassée sur le sol et que tout son contenu s'était répandu à mes pieds.

Furieuse contre moi-même, je me suis accroupie afin d'évaluer l'étendue des dégâts. Comme il était plus tard, il faisait si sombre que même la lumière du téléphone n'arrivait pas à tout éclairer. Cependant, elle me permettait de voir le bon endroit, juste là où la boîte s'était renversée. Plusieurs cadres contenant des photos de gens, probablement les anciens propriétaires de la maison, en étaient tombés. J'avais une terrible envie de les regarder en détail, mais les morceaux de verre partout sur le plancher m'ont fait hésiter, car je ne portais pas de chaussures. Toujours en éclairant le sol avec mon téléphone, j'ai rapidement fait l'état des lieux : le verre semblait se trouver au centre, là où les cadres étaient tombés, ce qui me laissait le champ libre pour les observer.

Un par un, j'ai soulevé les cadres, en faisant bien attention de retirer les morceaux de verre et de les mettre plus loin, là où je ne risquais pas de me couper. Le premier cadre que j'ai pris contenait la photo de quatre enfants, deux filles et deux garçons. Je l'ai délicatement déposé par terre pour prendre le suivant. Cette fois-ci, seuls les deux petits garçons étaient représentés. Ils étaient habillés chics, tous les deux assis sur un vieux canapé. Ensuite, une photo des deux filles, également bien vêtues.

Je me suis surprise à sourire en regardant un autre cadre. On pouvait y voir toute la famille. Les quatre enfants, souriants, regroupés au centre de la photo. Derrière eux, les parents : une jolie femme, qui regardait ses enfants avec amour, et son mari, le père de famille, qui, lui, les couvait d'un regard fier. Sans aucun doute, ils avaient l'air d'une famille heureuse.

Puis je l'ai aperçu. Le seul cadre qui restait par terre. La vitre de celui-ci, contrairement aux autres, n'était pas cassée : elle était simplement fissurée de haut en bas. La photo était face à moi. Je me suis sentie attirée par ce cadre. Comme si c'était un aimant.

J'ai senti un frisson me parcourir le corps. Je me suis vite levée, toujours en éclairant le sol pour m'assurer de ne pas marcher sur un morceau de verre. Je me suis alors mise à observer le cadre sous toutes ses coutures.

La photo était celle d'une jolie femme, qui devait avoir à peu près l'âge de ma mère. Elle était souriante et regardait l'objectif d'un air franc. Je me suis penchée de nouveau pour examiner l'un des autres cadres.

Nul doute, la femme de la photo était la même que celle du portrait de famille. Elle était magnifique. Malgré la détérioration du papier, on pouvait voir le bonheur dans ses yeux.

Je me suis remise à réfléchir. Ces photos de famille… elles devaient bien appartenir à quelqu'un ? Pourquoi étaient-elles remisées au grenier ? Est-ce que les vêtements que j'avais trouvés appartenaient à ces gens ?

C'est à ce moment précis que j'ai perçu quelque chose de différent.

Je n'aurais pas su dire quoi, comment ou pourquoi, mais j'ai senti un changement d'air dans la pièce. Tout me semblait lourd, j'avais la tête qui tournait et je commençais à voir des points noirs.

Je me suis précipitée vers l'escalier. Tant pis pour l'encens et la sauge. Je n'allais pas en trouver ici de toute façon. Aussitôt arrivée devant la porte, je me suis empressée de l'ouvrir. Quand je l'ai refermée, tout aussi vite, je me suis aperçue que je tenais encore le cadre de la dame dans mes mains. D'un seul mouvement, j'ai rouvert la porte, lancé le cadre de l'autre côté, puis refermé.

Ouf !

Je comprenais mieux maintenant pourquoi mes parents ne voulaient pas aller au grenier. C'était une ambiance désagréable, tellement lourde qu'il valait mieux ne pas y passer trop de temps. D'autant plus que rien de ce qui s'y trouvait ne nous appartenait. J'ai alors regardé mon téléphone : 18 h 53. J'étais restée plus de deux heures dans cette sinistre pièce. J'avais totalement perdu la notion du temps.

DING !

Alors que je me rendais à ma chambre, j'ai entendu la sonnerie indiquant que j'avais reçu un message.

« *Est-ce bien le numéro d'Elsie ?* »

« *Oui, c'est moi ! Felix ?* »

À peine quelques instants plus tard, un autre « ding » a retenti.

« *Oui. Vraiment content d'avoir pu discuter avec toi aujourd'hui. Tu fais quoi ce soir ?* »

Ce soir ? Oh, je viens d'aller fouiller dans le grenier pour y trouver de l'encens afin de faire une séance de Ouija vendredi soir.

« *J'ai pris un peu de retard dans mes études, il faudrait que je m'y remette, tranquillement.* »

J'ai hésité un instant avant de taper le deuxième message.

« *Et toi ?* »

DING !

« *Je ne sais pas. Ça ne sera pas facile de me concentrer quand j'ai ton beau sourire en tête.* »

OH. MON. DIEU.

Il était sérieux, là ?

En m'asseyant sur mon lit, j'ai senti des papillons dans mon estomac. Quand Samuel et moi avions rompu en janvier, j'avais eu tellement de peine que je m'étais promis de ne plus jamais me laisser avoir. J'avais conscience que je n'avais que dix-sept ans, mais je n'avais pas envie de revivre la même chose. Si maintenant je ne ressentais plus rien, j'étais quand même nostalgique et je ne cherchais pas du tout à rencontrer quelqu'un d'autre. Cela dit, dans le cas de Felix… ça m'était carrément tombé dessus, sans que je m'y attende. Je ne voulais pas me faire d'espoir ou d'idée, mais je me disais : « Advienne que pourra ! »

Sur ces pensées, je me suis levée de mon lit, mon téléphone toujours dans ma main, et je me suis dirigée vers la porte d'entrée.

Après tout, il fallait que je trouve de l'encens d'ici vendredi.

Chapitre 8

OLIVIA ET MOI nous étions entendues pour faire notre séance de Ouija le vendredi soir. Mes parents seraient partis avec des amis, ce qui nous laissait la voie libre pour nos activités secrètes. Je voulais absolument faire ça chez moi, même si je savais que, techniquement, nous aurions plus de chances d'entrer en contact avec Francine si nous allions chez elle. Cependant, j'avais lu sur différents sites qu'il valait mieux éviter de faire une première séance de Ouija dans un endroit hanté. En fait, je ne pensais pas que la maison de Francine était hantée, mais comme elle y était décédée, je ne voulais pas prendre de risques. Ma maison me semblait plus sûre. Il était maintenant 20 h et mes parents étaient partis depuis déjà un bon moment. Ils ne sortaient pas souvent, mais quand ils le faisaient, ils rentraient très tard, ou plutôt très tôt le lendemain matin. Je savais donc que nous avions plusieurs heures devant nous.

Toc toc toc.

En entendant quelqu'un frapper à la porte, j'ai sursauté. Pourtant, je savais que c'était Olivia.

Comme j'étais étendue sur le sofa du salon, je me suis levée et je n'ai eu à faire que quelques pas pour aller lui ouvrir la porte. Sans un mot, Olivia est entrée chez moi, comme au bon vieux temps. Sans un mot, je l'ai laissée refermer la porte et elle m'a suivie jusqu'à ma chambre. C'était la première fois qu'elle venait chez moi depuis quelques mois et, contrairement à son habitude, elle était bien silencieuse. En temps normal, c'était le genre de personne à entrer sans frapper, à laisser ses affaires pêle-mêle dans l'entrée et à monter jusqu'à ma chambre après avoir salué nonchalamment mes parents. Ce soir-là, elle me suivait de près et semblait observer mes moindres faits et gestes.

– Tu peux refermer la porte, s'il te plaît ? lui ai-je dit en marchant jusqu'à mon lit.

Je me suis appuyée sur le mur pour pouvoir sortir le jeu de Ouija de sa cachette. Puis j'ai ouvert le petit carnet rose dans lequel j'avais écrit les différentes instructions pour faire une séance. J'avais passé la nuit précédente à tout recopier, puisque l'une des règles les plus importantes était de ne pas avoir d'appareil électronique. J'ai regardé Olivia, qui, pour une fois, ne semblait pas du tout à l'aise.

– OK. T'es prête ? lui ai-je demandé.

– Mmm... aussi prête que possible. On commence par quoi ?

J'ai regardé de nouveau la première page du petit carnet, m'assurant de tout lire dans le bon ordre.

– Bon, premièrement, aucun appareil électronique. Éteins ton téléphone.

Pour Olivia, c'était pratiquement la fin du monde. Son téléphone était vissé à sa main presque vingt-quatre heures sur vingt-quatre. Pourtant, elle a acquiescé sans rien dire. J'ai décidé de vite continuer avant qu'elle ne change d'avis.

– Ensuite, c'est important d'avoir une ambiance. On va tamiser les lumières, allumer une bougie et faire brûler de l'encens.

Encore une fois, elle a fait ce que je lui avais demandé, puis elle s'est rassise.

– On va aussi faire brûler de la sauge.

– De la quoi ?

– De la sauge. C'est une plante qu'on fait brûler et qui aide à éliminer les énergies négatives sur les lieux. Ça ne peut pas faire de tort.

J'ai attrapé un briquet et allumé la sauge que j'avais achetée dans un magasin ésotérique. Une douce odeur a aussitôt rempli ma chambre.

– Bon, maintenant mets-toi à genoux devant moi. On va mettre la planche sur nos jambes.

Olivia s'est installée sans me poser de questions. Je crois que l'odeur de l'encens et de la sauge rendait l'atmosphère un peu plus lourde, plus réelle. Nous étions l'une en face de l'autre ; nos genoux se touchaient. J'ai installé la planche de Ouija de sorte que nous puissions la voir chacune d'un côté. Selon les informations que j'avais lues sur Internet, c'était la meilleure manière d'être en mesure de lire rapidement ce que les esprits pouvaient écrire.

Une fois que nous avons été bien installées, j'ai repris mon carnet. J'avais noté plusieurs choses, non seulement les étapes de la séance, mais également des précautions à prendre et des précisions que les médiums avaient faites sur leurs différents sites.

– C'est super important, Olivia, tu ne dois pas poser directement de questions à la planche, ça pourrait causer des interférences. Si tu veux savoir quelque chose, tu me le demandes à moi d'abord, OK ?

– Euh… OK.

J'ai pris une grande inspiration. Plus les minutes passaient et plus Olivia avait l'air sceptique. Moi, je faisais mine d'avoir les choses en main, mais c'était difficile.

– Bon, maintenant, c'est le moment de faire la prière de protection. Je l'ai écrite ici. Je vais la réciter au complet en premier, puis ça sera à ton tour, d'accord ?

La prière de protection était l'une des choses les plus importantes à faire au début d'une séance. Selon ce que j'avais lu, elle permettait d'éloigner les mauvais esprits et de veiller à ce que seuls les esprits bien intentionnés puissent communiquer avec nous. J'avais eu énormément de difficulté à trouver un rituel de protection, puisque la plupart d'entre eux invoquaient la présence de Dieu. Pour être bien honnête, je ne croyais pas en Dieu et je n'avais pas envie d'être hypocrite juste avant de communiquer avec des esprits, au cas où. Plusieurs sites indiquaient qu'il était possible d'écrire soi-même sa propre prière, mais je ne me sentais pas à l'aise de le faire. Finalement, j'étais tombée par hasard sur un recueil de prières. En le parcourant, j'avais trouvé une prière qui me convenait, courte mais puissante. J'espérais que ce serait suffisant.

– « Au nom de tous ceux qui veillent sur nous, protégez-nous du mal pendant cette séance. Ne laissez pas les forces du mal nous envahir, puisqu'il n'y a que du bien, que de la lumière. Protégez-nous, protégez cette maison et tout ce qui nous entoure. »

Olivia a répété la prière à toute vitesse, comme si elle voulait s'en débarrasser le plus promptement possible. Les yeux toujours rivés sur mon carnet, je me suis empressée de lire la phrase suivante.

– Francine, cette séance est conduite ce soir dans l'espoir de pouvoir te dire au revoir. Si tu es ici, manifeste-toi.

J'ai alors déposé mon carnet et, d'un même mouvement, Olivia et moi avons mis le bout de nos doigts sur le pointeur, comme nous devions le faire selon les instructions du Ouija.

– Esprit, es-tu là ?

Nous respirions à peine, trop anxieuses de voir si quelque chose allait se produire, les yeux fixés à la planche. Nous sommes restées là, sans bouger, nos deux mains toujours sur le pointeur. Au bout de quelques secondes, toujours rien.

– Esprit, es-tu là ?

Nos mains ont commencé à se déplacer vers la gauche. Aussitôt, le bout du pointeur s'est retrouvé sur le « oui ». Toujours en retenant notre respiration, Olivia et moi nous sommes regardées. Ce n'était pas le moment de se laisser impressionner ; il fallait continuer. Comme indiqué, nous avons ramené le pointeur au centre de la planche avant de poser notre prochaine question. En me raclant la gorge, je me suis lancée :

– Francine, est-ce que c'est toi ?

Cette fois, rien n'a bougé. J'ai relevé les yeux pour regarder Olivia, qui a ouvert la bouche pour dire :

– Tu crois qu'on a fait un truc de pas correct ?

– Je sais pas. Pourtant, jusqu'à présent, on a tout fait comme il faut…

En gardant la main droite sur le pointeur, j'ai pris mon carnet pour relire les instructions.

– « Il est possible que la planche ne vous réponde pas. Elle a parfois besoin d'un peu de temps pour s'échauffer. Pour l'aider, vous pouvez la faire tourner légèrement sur elle-même, puis recommencer. »

Je l'ai fait, puis j'ai demandé pour la troisième fois :

– Esprit, es-tu là ?

Comme de fait, le pointeur a recommencé à bouger pour se diriger de nouveau vers le « oui ». Malgré moi, j'ai esquissé un sourire. Nous étions sur la bonne voie. D'un commun accord, nous avons ramené le pointeur vers le milieu avant de poser une autre question :

– Combien y a-t-il d'esprits dans la pièce ?

Après avoir hésité quelques secondes, le morceau de bois a pointé un chiffre.

– Êtes-vous un bon ou un mauvais esprit ?

Aucune réponse. Olivia et moi avons échangé un regard perplexe. Ça augurait très mal.

– À qui est-ce qu'on s'adresse en ce moment ?

Toujours aucune réponse. Peut-être que nos questions n'étaient pas assez spécifiques…

Tout à coup, j'ai eu une illumination. Ne prenant même pas la peine de consulter Olivia, j'ai poussé le pointeur au milieu de la planche, tout en disant :

– Pouvez-vous épeler votre prénom ?

Très vite, nous avons vu le bout de la goutte tourner vers le milieu de la planche, vers la lettre « F ». Avant même que nous ayons eu le temps de réagir, il a montré le « R », puis le « A »...

Mes yeux se sont remplis d'eau. Est-ce que ça pouvait être elle ? Est-ce que nous avions réussi ? Je n'arrivais plus à respirer, tant j'étais impatiente de voir la suite. Sans même relever les yeux de la planche, Olivia et moi avons senti nos mains se déplacer vers le « N »...

– Oh, mon Dieu ! Oh, mon Dieu, mais ce n'est pas sérieux ! a dit Olivia à voix basse, dans une espèce de chuchotement rauque.

Nous n'arrivions pas à le croire !

Soudain, un bruit sourd nous a fait tendre l'oreille. On aurait dit...

Une porte qui s'était refermée.

Des pas dans le corridor.

Puis...

– Elsie ? Olivia ?

Le pointeur toujours en main, Olivia et moi avons sursauté en entendant la voix de ma mère. Paniquées, nous nous sommes regardées et, d'un commun accord, nous avons refermé le jeu et l'avons lancé sous le lit. Nous avons à peine eu le temps d'éteindre l'encens et d'allumer la lumière que nous avons entendu ma mère frapper à la porte.

– Tu peux entrer, maman ! lui ai-je lancé.

La porte s'est entrouverte, laissant à peine passer la tête de ma mère.

– Hey, les filles, ça va ? Passé une bonne soirée ?

Sans même nous regarder, nous nous sommes écriées : « OUI ! », comme si notre vie en dépendait. Ça semblait particulièrement louche, mais ma mère s'est contentée d'esquisser un sourire, comme si elle n'avait rien vu.

– Eh ben, vous semblez bien mystérieuses ce soir, les filles ! Enfin, bref, je voulais juste vous dire qu'on est rentrés. Olivia, tu veux qu'on aille te reconduire chez toi ou tu restes ici ?

– Oh non, j'ai ma voiture ! Vous voulez que je parte tout de suite ?

– Pas du tout ! Vous êtes grandes, les filles, profitez du reste de votre soirée ! À demain, Elsie.

– Bonne nuit, maman !

Lorsque ma mère a refermé la porte, nous avons toutes les deux poussé un soupir de soulagement avant d'éclater de rire.

– Oh. Mon. Dieu. T'imagines si ta mère nous avait surprises avec le jeu ?

– Elle nous aurait tuées. Vraiment. Mais bon, ça ne change pas grand-chose. Ce n'est pas comme si on avait pu parler à Francine…

J'ai senti les larmes me monter aux yeux. J'ai vite détourné la tête pour qu'Olivia ne le voie pas, mais elle a été plus rapide et s'est rapprochée de moi pour me serrer dans ses bras.

– Attends, Elsie, on n'a pas pu lui parler… mais on a réussi à communiquer avec elle ! Ça vaut pour quelque chose, tu crois pas ? Je n'y connais rien, mais je ne pense pas que tu dois perdre espoir. On pourrait réessayer, non ?

– Pas ce soir, t'es folle ! On a déjà failli se faire prendre. En plus, là, mes parents sont rentrés. C'est le pire plan du monde ! me suis-je écriée.

Olivia m'a regardée d'un air compatissant, ne sachant pas trop quoi dire. Je me suis efforcée de lui sourire.

– Non, ne t'inquiète pas. Je voulais essayer une seule fois pour pouvoir lui parler. Je m'étais promis que, peu importe les résultats, je n'allais pas essayer de la recontacter.

– T'es certaine ? Ça ne me dérangerait pas de réessayer, moi…

Bien que la séance n'ait pas été concluante, j'étais soulagée qu'elle soit terminée. J'avais l'impression de recommencer à respirer normalement, sans la peur d'attirer de mauvais esprits.

– Non, au fond, ça ne sert à rien. Elle est morte et c'est tout, il faudra que je m'en remette.

J'ai attrapé la boîte de mouchoirs sur ma table de nuit et je me suis tapoté les yeux pour essuyer les larmes.

– Bon, ben… tu veux que je reste un peu ? Comme au bon vieux temps ! m'a dit Olivia, un petit sourire en coin.

Je l'avoue, même si je n'avais pas tellement la tête à discuter, ça allait me faire du bien. Après tout ce temps sans nous parler, nous avions très certainement beaucoup de choses à nous raconter.

J'ai hoché la tête en souriant. Je me suis hissée sur mon lit en prenant appui sur mes bras, pour m'installer confortablement sur mes coussins décoratifs, incitant Olivia à faire la même chose.

– Allez… dis-moi tout ! Je t'ai vue avec Tommy à l'école ces derniers temps…

Il n'en a pas fallu davantage pour lancer une longue conversation entre Olivia et moi, pratiquement comme si rien n'avait changé.

Nous avons parlé pendant presque quatre heures, si bien qu'il était maintenant près de 3 h du matin. Nous avons toutes les deux réagi de la même manière en regardant l'heure : nous avons sursauté et nous sommes levées d'un bond.

– Merde, il faut vraiment que j'y aille ! Je n'ai rien dit à mes parents, j'espère qu'ils ne m'attendaient pas…, s'est écriée Olivia,

Elle a regardé les notifications sur son téléphone. Rien du tout.

– T'es certaine que tu ne veux pas dormir chez moi ? Il y a de la place, hein ? Ça t'éviterait de devoir conduire aussi tard, lui ai-je dit.

Olivia a semblé hésiter un instant, puis a secoué la tête en attrapant son sac à main et son manteau qui traînaient près de la porte de ma chambre.

– Non, t'inquiète pas, ce n'est pas tellement loin de toute façon, je vais rentrer chez moi.

– OK, je te raccompagne en bas, alors !

Le couloir menant de ma chambre à l'escalier était sombre et silencieux. La porte de la chambre de mes parents était fermée. Olivia et moi marchions sur la pointe des pieds pour éviter de les réveiller avec le fameux plancher qui craque, puis nous avons descendu l'escalier, la lueur de mon téléphone nous évitant de débouler la vingtaine de marches qui menaient au rez-de-chaussée. Quand nous sommes arrivées là, j'ai allumé la petite lumière de l'entrée afin de permettre à Olivia de mettre son manteau et de sortir. Juste avant d'ouvrir la porte de la maison, elle m'a donné un énorme câlin.

– Tu m'appelles s'il y a quoi que ce soit, OK ?

Je lui ai fait un sourire, probablement le plus sincère de la soirée.

– Oui, promis. Mais envoie-moi un message pour me dire quand tu seras arrivée chez toi, d'accord ? Je veux juste être certaine.

– Promis !

Malgré l'air froid de cette nuit de mai, je suis sortie sur le balcon pour m'assurer qu'Olivia montait bien dans sa voiture. Nous avions le voisinage le plus tranquille du monde, mais je préférais tout de même la regarder. À part un chat noir qui traversait la rue, c'était le calme plat. Lorsque j'ai vu sa voiture partir, je suis rentrée et j'ai éteint la lumière du vestibule.

Je suis retournée dans ma chambre et me suis écrasée dans mon lit sans même enlever mes vêtements. J'avais lu sur Internet que les séances de Ouija consommaient beaucoup d'énergie et rendaient les gens amorphes. J'ai dû m'endormir aussitôt, parce que quand je me suis réveillée quelques heures plus tard, vers 6 h du matin, la lumière de ma chambre était toujours allumée. Encore dans les vapes, il m'a fallu quelques secondes pour réaliser l'erreur que nous avions faite plus tôt : nous avions enfreint une des règles du Ouija en terminant la séance sans dire au revoir à l'esprit.

Chapitre 9

TROIS JOURS APRÈS ma séance de Ouija avec Olivia, je ne sentais rien de particulièrement différent. J'étais déçue. Déçue de ne pas avoir été capable de finir la séance, d'avoir été interrompue par ma mère. J'étais si près du but ! J'étais à quelques questions de pouvoir communiquer avec Francine, et ma mère avait tout gâché en rentrant plus tôt que prévu.

De plus, quand j'avais réalisé que nous n'avions pas conclu la séance de Ouija de la bonne manière, c'est-à-dire en libérant l'esprit et en nous déconnectant de lui, j'avais paniqué. Même s'il était 6 h du matin et que j'étais à moitié endormie, j'avais pris mon ordinateur pour ratisser Internet afin de voir quelles pouvaient être les conséquences de notre acte. Je n'avais pas été totalement rassurée, mais comme la séance n'avait pas été concluante, je me sentais en sécurité. De toute façon, puisque Francine n'était pas un mauvais esprit, nous ne risquions rien.

Je ne sais pas trop à quoi je m'attendais, en fait. Je crois que j'espérais réellement être en mesure de parler avec elle. Nous étions lundi et l'horloge indiquait 14 h 42. Il restait trois minutes à mon cours de français, et j'avais une seule envie : aller pleurer dans mon lit. J'allais devoir attendre, puisque j'avais encore un cours d'écriture créative de 15 h à 16 h 15. Après, je serais libre d'aller noyer ma peine dans le chocolat.

J'essayais très fort de me concentrer, mais mon esprit repassait encore ma soirée ratée de vendredi. Le seul bon côté de l'histoire, c'est que ça nous avait rapprochées, Olivia et moi. Depuis quelques jours, nous n'arrêtions pas de nous envoyer des messages, comme au bon vieux temps. Évidemment, c'était différent, mais la savoir près de moi me procurait un sentiment de sécurité. Même si rien n'était arrivé à la suite de notre séance de Ouija, je savais que je pouvais lui parler de mes craintes et de mes inquiétudes. Sa présence et le retour de mes amies dans ma vie facilitaient au moins un peu mes journées à l'école, et j'étais très heureuse de cela.

Driiiing !

Fin du cours. J'avais juste envie de partir et de retourner chez moi, mais comme je l'avais déjà fait la semaine précédente, j'avais peur que l'école appelle mes parents. Machinalement, j'ai rangé mes affaires dans mon sac, me résignant à me rendre à mon cours d'écriture créative. Je devais d'abord passer à mon casier pour prendre les cahiers qu'il me fallait.

Lentement mais sûrement, j'ai emprunté le même chemin que d'habitude pour m'y rendre. Je fréquentais cette école depuis cinq ans ; je la connaissais comme le fond de ma poche. J'aurais pu aller n'importe où les yeux fermés.

J'ai rapidement ramassé mes cahiers. Étant donné qu'aucune de mes amies n'avait ce cours avec moi, je n'avais à attendre personne. Au moment de fermer mon casier, je me suis rendu compte que Felix était adossé au sien, à côté. Surprise de voir quelqu'un alors que je me pensais seule, j'ai sursauté.

– Je fais si peur que ça ? m'a demandé Felix avec un sourire en coin.

Oh, mon Dieu ! Oh, mon Dieu ! Oh, mon Dieu !

Il était tellement beau !

J'ai senti mon cœur faire trois tours. Mais qu'est-ce qui me prenait tout à coup ?

OK, il me regardait encore. Vite, réponds quelque chose, Elsie !

– Non, je suis fatiguée et je ne m'attendais pas à te voir, c'est tout.

– La journée est longue, pas vrai ?

– Oui, très longue. Disons que j'attends avec impatience la fin des cours.

– Nous sommes deux, alors. T'as envie de partir maintenant ?

J'essayais d'avoir l'air le plus naturel possible, mais mon petit sourire m'a trahie. Évidemment que j'aurais voulu partir. Après quelques secondes de réflexion, j'ai ouvert la bouche pour lui dire que non, je n'en avais pas envie, mais il ne m'a pas laissé le temps de parler.

– Allez, viens ! C'est le dernier cours de la journée, et tu sais aussi bien que moi que madame Gagné ne vérifie pratiquement jamais les présences..., m'a-t-il dit en s'approchant tranquillement de moi, son sourire en coin encore plus troublant.

– Felix, je ne peux pas...

– Mais bien sûr que tu peux ! Allez, le pire qui va arriver, c'est qu'ils appellent tes parents...

– Je sais, mais... Non, je ne peux juste pas.

Afin qu'il lâche prise, je l'ai regardé en tentant de prendre mon air le plus convaincant. Ça n'a pas semblé le faire changer d'idée. Il me fixait encore avec ses yeux perçants.

– Pourtant, je t'ai vue partir avant la fin des cours, pas plus tard que la semaine dernière. Tu n'avais pas l'air malade du tout.

Merde. Il m'avait vue. En relevant les yeux, je me suis aperçue que son sourire avait changé. Il avait l'air plus compatissant.

– Tu sais, Elsie... je suis au courant... pour Francine. Ça n'a pas dû être facile pour toi. Si jamais tu veux en parler... Je sais, on ne se connaît pas trop, mais j'ai perdu quelqu'un aussi. Je sais à quel point c'est difficile et... Enfin, si t'as envie de me parler...

Cette fois, c'était lui qui regardait par terre, l'air un peu gêné. Je ne connaissais pas du tout son histoire, mais il me semblait sincère. Peut-être que c'est lui, au fond, qui avait besoin de parler. Est-ce que je perdais grand-chose à manquer un seul cours d'une heure et quart pour aller discuter ? Il avait raison : madame Gagné, notre prof d'écriture créative, ne prenait jamais les présences et était très relax avec les étudiants.

À ce moment même, la première cloche s'est mise à sonner. De toute façon, j'avais déjà pris ma décision.

– Bon, OK, on y va. Mais juste aujourd'hui. Et si jamais je suis dans la merde, tu prends le blâme pour tout, lui ai-je dit avec un regard sérieux.

Son regard s'est illuminé, et son sourire est rapidement revenu.

– Ah, voilà ! Je savais qu'il y avait de la rebelle en toi ! Allez, prends tes trucs et on y va !

Malgré moi, j'avais un sourire aux lèvres. J'ai rempli mon sac d'école des livres et des cahiers dont j'aurais besoin le soir pour faire mes devoirs. En mettant mon manteau, j'ai refermé la porte de mon casier. J'étais prête.

Felix et moi avions convenu de ne rien dire à personne et de nous en aller. Avec tous les élèves qui fourmillaient dans les couloirs, se dépêchant pour ne pas être en retard à leurs cours, nous pourrions passer inaperçus.

Nous étions en train de marcher tranquillement vers la porte de l'école quand j'ai vu la secrétaire de l'école me faire un signe de la main.

Oh non, ça y était, nous n'avions pas mis notre plan à exécution qu'on nous avait déjà pris en flagrant délit. Nous n'étions même pas sortis de l'école ! Comment cette femme avait-elle pu deviner ? Nous n'avions même pas encore mis nos manteaux pour ne pas attirer l'attention.

Je me suis arrêtée. Rien ne servait de partir, on m'avait vue. La secrétaire avançait vers nous d'un pas décidé, le regard inquiet.

– Elsie ! Je te cherchais !

Elle m'a regardée d'un air compréhensif.

– C'est ton père, Elsie. Il a eu un accident, il est à l'hôpital.

Je me suis sentie faiblir, comme si je perdais pied.

– À l'hôpital... Mais... Comment ça ?

Je me suis assise par terre. Si je restais debout, j'allais m'évanouir. Mon cœur battait à tout rompre dans ma poitrine et j'imaginais tous les pires scénarios. Rapidement, Felix s'est penché pour m'aider à me relever, puis à m'asseoir sur le siège le plus proche. J'avais chaud, froid, je voyais des étoiles. Cet instant n'a duré que quelques secondes, mais j'ai eu l'impression que le temps s'était arrêté et qu'une éternité s'était écoulée. La secrétaire s'est installée en face de moi et m'a prise par la main pendant que Felix allait me chercher de l'eau.

– C'est ta mère qui a appelé. Ton père a eu un accident de voiture. Il est à l'hôpital, mais il va bien. Ils sont encore en train de lui faire passer des tests, mais il devrait s'en sortir avec seulement quelques fractures. Tout va bien aller, Elsie, mais ta mère voulait qu'on te prévienne pour que tu puisses être avec ta famille.

J'ai senti mon cœur se calmer. Felix est revenu avec un verre d'eau, que j'ai bu d'une traite. J'avais la bouche sèche et les mains moites, mais j'étais soulagée de savoir que mon père irait bien. J'ai pris une grande respiration.

– Est-ce que je peux y aller ? Rejoindre mes parents ?

– Non, Elsie, tu ne peux pas conduire dans cet état.

– Je vais la conduire. C'est juste à côté, s'est écrié Felix.

La secrétaire lui a lancé un regard compatissant, mais a fait non de la tête.

– Je suis désolée, Felix, mais ce n'est malheureusement pas permis. Retourne en classe, on va s'occuper d'Elsie.

– Non, je reste avec elle.

J'ai souri à Felix. C'est à ce moment précis que j'ai remarqué que ce n'était plus la secrétaire qui me tenait la main, mais bien lui. Je me suis sentie rougir légèrement. Je m'apprêtais à lui répondre quand la secrétaire a déclaré :

– C'est une de tes voisines qui va venir te chercher, Elsie. Hélène, il me semble. Ta mère l'a appelée.

J'étais surprise. Je n'étais pas particulièrement proche de cette « voisine », qui habitait simplement dans ma rue. Ce n'était même pas ma voisine à proprement parler. Tout à coup, je me suis mise à avoir chaud, trop chaud. Je me suis levée.

– Je peux aller l'attendre dehors ? J'ai besoin d'air.

Sans attendre de réponse, je me suis précipitée à l'extérieur. Felix m'a suivie, sans dire un mot. Je me suis assise par terre, sur le trottoir. Il a mis la main sur mon épaule.

– Ne t'en fais pas, Elsie, tout va bien aller. Elle t'a dit de ne pas t'inquiéter.

– Tu ne penses pas qu'elle aurait pu me dire ça pour ne pas me faire paniquer alors que je suis à l'école ? Et si c'était plus grave que ça ?

Felix s'est assis à mes côtés, étirant son bras pour le passer autour de mes épaules. Il m'a ensuite attirée vers lui, se voulant rassurant.

– Ça ne sert à rien de t'imaginer des scénarios maintenant. Respire, Elsie. Je sais que c'est inquiétant, mais tu ne peux pas savoir avant d'aller là-bas. Tu te fais du mal pour rien, là.

Au même moment, une voiture que j'avais déjà vue s'est arrêtée devant moi. C'était celle d'Hélène. Je me suis arrachée des bras de Felix, voulant me rendre à l'hôpital le plus rapidement possible. Juste avant de monter dans l'auto, je me suis tout de même retournée vers lui.

– Merci pour tout. Vraiment. Je te donne des nouvelles dès que je peux, d'accord ?

Je ne lui ai pas laissé le temps de répondre. Je suis montée dans la voiture, saluant vaguement Hélène.

Le trajet s'est fait dans le silence complet. Hélène n'en savait pas plus que moi et je n'avais pas du tout envie de faire la conversation. Par chance, l'hôpital n'était pas trop loin.

À mon arrivée, j'ai bondi hors de la voiture, remerciant Hélène de sa gentillesse.

Je ne voulais qu'une chose : voir mes parents. Heureusement, ma mère m'attendait dans l'entrée principale. Son visage s'est éclairé quand elle m'a vue. Elle portait son uniforme de travail habituel. Normal, elle travaillait dans cet hôpital. Elle avait les traits tirés et rongeait ses ongles de stress. Lorsque je suis arrivée assez près d'elle, elle a tout de suite commencé à parler :

– Elsie, ton père va bien. Il a eu un accident de voiture en début d'après-midi. Il va s'en sortir, mais ils sont encore en train de lui faire passer des tests et des radiographies. Pour le moment, il semble avoir simplement une fracture de la jambe et des côtes.

Un énorme poids s'est alors enlevé de mes épaules.

– Mais qu'est-ce qui s'est passé ?

– Il était en route pour le travail quand il a eu un problème avec son véhicule. Il ne pourrait pas dire quoi exactement, mais il a perdu le contrôle quelques instants. La voiture est allée percuter un arbre. Oh, Elsie, c'est un miracle qu'il ne soit pas plus mal en point que ça. La voiture est une perte totale.

Chapitre 10

Ce matin-là, je me suis réveillée vers 7 h. Nous avions beau être samedi, j'avais beaucoup de travail à rattraper si je voulais m'assurer de réussir mon année scolaire. J'avais trop négligé mes études les derniers mois. Je me suis donc levée, j'ai pris ma douche et, vers 7 h 30, je suis descendue pour parler un peu avec ma mère. Comme d'habitude, elle allait bientôt partir travailler, mais, avec mon père à l'hôpital, j'avais besoin de sa présence.

Même si je savais que mon père était hors de danger et qu'il obtiendrait son congé de l'hôpital dans les prochains jours, cet épisode m'avait rendue inquiète. Je n'aurais pas supporté de le perdre également.

– Bonjour !

– Bonjour, Elsie. Tu t'es levée tôt !

Oui, maman, je me suis levée tôt pour être certaine de ne pas rater mon année. Mais, ça, tu n'as pas besoin de le savoir.

– Oui, je me sens productive aujourd'hui !

J'ai mis deux tranches de pain dans le grille-pain. En attendant qu'elles grillent, je me suis versé un verre de jus de fruits. En le buvant, j'observais discrètement ma mère, qui, elle, sirotait son café.

La sonnerie du grille-pain m'a fait sursauter. Je me suis empressée de prendre mes toasts et de les recouvrir de confiture.

– Maman… est-ce qu'on a eu des nouvelles de la compagnie d'assurances ?

– Non, Elsie, pas encore.

– Oh… d'accord. Je me demandais juste si… Bah, tu sais, si on allait avoir des réponses concernant l'accident…

– Je n'en sais rien… Ça risque de prendre du temps. Les enquêteurs ont rencontré ton père hier, mais ils n'ont rien trouvé de suspect. Ça doit être mécanique… L'important, c'est que ton père aille bien. C'est tout ce qui compte pour moi.

À l'autre bout de la table, je lui ai souri.

Mais dans ma tête, ça roulait à cent milles à l'heure.

Est-ce que les « problèmes » qu'avait eus mon auto la semaine précédente avaient un quelconque rapport avec ce qui était arrivé à mon père ? Après tout, nos voitures étaient neuves, autant la mienne que la sienne. J'ai rapidement chassé ces pensées de mon esprit. J'allais bien, mon père allait s'en sortir. Personne ne nous détestait, du moins à ma connaissance, donc nos problèmes mécaniques n'étaient certainement que des coïncidences. En tout cas, je l'espérais.

Soudain, je n'avais plus faim. De toute façon, ma mère venait de se lever de table. Elle avait fini son café et, comme d'habitude, allait partir travailler.

J'étais encore perdue dans mes pensées quand elle a crié : « À ce soir, Elsie ! », tout en fermant la porte d'entrée. Je me suis levée pour aller jeter mes tartines, que j'avais à peine touchées. Maintenant, il fallait que je travaille.

Installée à mon bureau depuis environ deux heures, j'étudiais dans le silence complet parce qu'il m'était impossible de me concentrer lorsqu'il y avait un bruit de fond. Mes parents étant tous les deux absents, je n'avais aucune raison de ne pas être efficace. Mais, je ne sais pas pourquoi, c'était particulièrement pénible ce matin-là. Je n'arrivais pas à rester concentrée, je m'endormais. Pourtant, j'avais eu une bonne nuit de sommeil… Plus j'essayais de me concentrer, plus la tâche devenait ardue. En soupirant, j'ai fermé mon écran d'ordinateur et je me suis dirigée vers mon lit. J'avais à peine dix-sept ans et je devais faire une sieste en fin de matinée. Pathétique. Je me suis littéralement effondrée sur ma couette, la tête la première dans l'oreiller. J'ai dû m'endormir pile à cet instant.

Lorsque je me suis réveillée, j'avais les paupières lourdes, très lourdes. J'avais l'impression que mon corps était enfoncé dans mon matelas, comme quand je devais me lever le matin pour aller à l'école alors que j'avais passé la nuit à étudier. J'entendais mon téléphone sonner, mais comme s'il était très loin. J'imagine que c'est lui qui m'avait tirée du sommeil, parce qu'autrement j'aurais encore dormi profondément. Mon corps semblait peser une tonne et j'avais un mal de tête lancinant. J'ai rassemblé le peu d'énergie que j'avais pour rouler de l'autre côté du lit et poser mes pieds par terre. J'ai été envahie par une vague de nausée et j'ai senti une odeur putride. Je me suis levée en poussant avec mes coudes sur la base de mon lit. Je déteste les médicaments, je l'ai déjà dit, mais il fallait me rendre à l'évidence : cette fois encore, je n'aurais pas le choix. Mon mal de tête n'allait pas passer tout seul, même chose pour ma nausée. Ma mère gardait tous les médicaments, à part ses somnifères, dans l'armoire de la salle de bain en bas. Il allait donc falloir que je traverse tout le corridor menant de ma chambre à l'escalier, puis que je le descende. Ça me semblait très loin.

Arrivée en bas des marches, accrochée à la rampe, je me sentais horriblement mal. Je n'avais qu'une envie : m'écrouler par terre et attendre que ma mère revienne de travailler. J'avais dû attraper un virus à l'école. Chaque pas que je faisais était plus difficile que le précédent. J'avais des haut-le-cœur, et j'espérais ne pas être malade dans le corridor. Ma nausée s'intensifiait de seconde en seconde. J'allais vomir, c'était évident.

Chaque mouvement m'étourdissait. J'ai dû redoubler d'efforts pour ouvrir la porte de la salle de bain, un geste pourtant si simple qui me paraissait d'une difficulté colossale.

Un petit son a alors attiré mon attention.

Un son strident, mais bas, pratiquement inaudible, comme un « hisssss ». J'avais la tête complètement dans les nuages et un mal de cœur très intense, mais j'ai tout à coup tourné la tête vers la cuisinière. Au loin, j'apercevais un des brûleurs allumé.

Oh, mon Dieu !

Un gaz toxique se répandait partout dans la maison tranquillement depuis je ne sais pas combien de temps.

Si je ne m'étais pas réveillée, je serais morte dans les minutes suivantes.

Je me suis précipitée vers la cuisinière pour fermer l'arrivée du gaz, utilisant le peu d'énergie qui me restait. Je me suis ensuite écroulée par terre, le souffle court. J'avais encore la nausée et je sentais que j'allais vomir. J'ai rampé jusqu'à la poubelle, juste à temps parce que mon estomac se tordait à présent de spasmes douloureux. Rien ne sortait, mais j'avais l'impression que mon corps réagissait au stress intense qu'il avait vécu dans les dernières minutes.

Je me suis assise, dos au comptoir de la cuisine, après avoir ouvert la porte de derrière. J'ai pris de grandes inspirations, laissant l'air frais entrer dans mon corps. Lentement, mes symptômes disparaissaient.

Si j'étais soulagée d'avoir réagi à temps, je ne comprenais pas.

Comment une telle chose avait pu arriver ?

Je n'avais pas allumé la cuisinière, j'en étais certaine. Personne n'avait cuisiné ici depuis des jours. Que je sache, ma maison ne présentait aucun signe d'effraction, ce qui rendait la chose encore plus improbable.

La porte de derrière. Je venais de l'ouvrir, mais était-elle fermée juste avant ?

Oui, elle l'était. Personne n'utilisait jamais cette porte en temps normal.

Sentant mon mal de tête et ma nausée se dissiper, je me suis relevée et approchée de la cuisinière. L'odeur était moins forte ; le petit son signalant que le brûleur était ouvert n'était plus là. J'ai ouvert toutes les fenêtres de la cuisine afin d'en changer l'air le plus rapidement possible.

Je me suis mise à inspecter la cuisinière. Elle avait l'air en bon état, pourtant... J'ai alors ouvert l'armoire juste à côté, et j'ai constaté qu'un des fils n'était plus branché.

Je l'ai pris dans mes mains pour le regarder de plus près. Je ne connais pas grand-chose dans ce domaine, mais il me semblait avoir entendu mon père parler d'un fil qui servait à nous protéger d'éventuelles fuites de gaz.

Pourquoi était-il débranché alors ?

Dans tous les cas, je devais avertir mes parents. Cet incident était trop grave pour être passé sous silence. Je suis remontée à ma chambre pour reprendre mon téléphone, qui était éteint.

Au fait, pourquoi était-il éteint ? Mmm. J'avais simplement dû l'accrocher dans la précipitation avant de descendre. Alors que j'appuyais sur le bouton pour l'allumer, mille choses me passaient par la tête. Finalement, je n'allais pas appeler mes parents. Mon père était encore à l'hôpital et ne pourrait rien faire, ce qui risquait de le rendre encore plus anxieux.

J'ai pensé téléphoner aux urgences, juste pour m'assurer que je ne risquais plus rien. Je n'avais toujours aucune idée de la façon dont c'était arrivé.

Au moment où j'allais composer le numéro, je me suis rappelé d'une chose : c'est la sonnerie de mon téléphone qui m'avait réveillée quelques minutes plus tôt, m'extirpant d'un sommeil qui aurait pu me tuer. Qui m'avait appelée, alors ? J'ai regardé mes appels récents : rien. Aucun appel reçu depuis trois jours. C'était peut-être un texto ? Je me suis dépêchée de jeter un coup d'œil dans mes archives. Comme je m'en doutais, rien du tout.

Mais comment était-ce possible ? Un téléphone ne sonne pas comme ça, sans aucune raison. Je n'utilisais jamais les alarmes, donc ça ne pouvait pas être ça. Je n'avais pas non plus de notifications sonores sur mes différents réseaux sociaux.

Ouf.

Je me suis assise sur le bord de mon lit, un peu étourdie, quand un bruit sourd m'a fait sursauter.

Ça venait du corridor, encore.

J'ai tendu l'oreille pour essayer de comprendre de quoi il pourrait s'agir, quand j'ai subitement réalisé qu'on aurait dit des pas.

Il était impossible que ce soit autre chose. Si au début j'avais cru que c'était mon imagination, maintenant c'était évident : quelqu'un marchait dans le corridor.

J'ai empoigné mon téléphone et j'ai ouvert la porte de ma chambre brusquement.

Il n'y avait rien. Pas un son, personne.

En soupirant, je me suis appuyée contre le cadre de la porte. Mon cœur battait à une vitesse folle. Mais qu'est-ce qui pouvait bien se passer chez moi ? C'était en train de me rendre complètement folle. Ça devait être des effets secondaires du gaz que j'avais inhalé malgré moi.

En retournant à ma chambre, j'ai senti un courant d'air qui traversait le corridor et m'a fait frissonner.

C'est là que je l'ai entendu.

Clair comme si quelqu'un était à mes côtés.

« Viens avec moi. »

J'ai vraiment entendu une voix me chuchoter ces mots à l'oreille.

Je devais sortir d'ici.

Au plus vite.

Chapitre 11

AFFOLÉE, JE SUIS SORTIE de la maison en courant, vêtue seulement de mon pyjama, de pantoufles et d'une petite veste. J'avais au moins eu le réflexe de prendre mon téléphone, mais j'avais laissé la clé de ma voiture dans ma chambre. J'étais tellement incrédule et paniquée que j'en tremblais. Je ne savais pas du tout quoi faire et il était hors de question que je reste une seule minute de plus sur mon terrain. Je me suis dirigée vers un de mes endroits préférés, le balcon de la maison de Francine.

Je ne savais pas si ce que je venais de vivre était sorti de mon imagination, mais j'avais eu la peur de ma vie. Je me suite sentie frissonner sous un gros coup de vent. J'ai regardé l'heure sur mon téléphone : 12 h 25. Ma mère ne reviendrait pas avant encore plusieurs heures. J'ai soupiré. Je devais soit être courageuse et retourner dans la maison, soit trouver une autre solution, parce que camper sur le balcon de Francine en pyjama pendant des heures n'en était pas une. J'avais 24 % de batterie dans mon téléphone, ce qui me laissait environ une heure pour agir.

Alors que je faisais travailler mon cerveau pour décider ce que j'allais faire, j'ai aperçu une petite voiture bleue qui roulait tranquillement dans la rue. Elle s'est arrêtée juste devant la maison de Francine. Ça m'a semblé étrange, puisque personne ne se stationnait jamais à cet endroit, surtout depuis le décès de cette dernière. Je me suis redressée sur ma chaise au moment où une dame est sortie de la voiture.

Elle était petite, un peu ronde, les cheveux noirs, attachés vers l'arrière par une pince. Elle était également toute vêtue de noir, ce qui lui donnait un air un peu effrayant. Elle portait des lunettes de soleil assez grosses qui m'empêchaient de bien la voir. Elle marchait vers la maison de Francine. Elle ne semblait pas m'avoir vue. Tant mieux. Je n'aurais rien trouvé à lui dire. De toute façon, je ne savais même pas qui c'était. Soudain, elle s'est arrêtée. Elle venait de me remarquer. Je me suis figée sur mon siège, ignorant comment réagir.

Elle me fixait, mais elle avait l'air moins menaçante de près. Malgré ses lunettes de soleil, quelque chose chez elle me semblait familier. J'étais certaine d'avoir déjà vu cette dame auparavant, même si je n'arrivais pas à me rappeler le lieu et le moment. Une amie de Francine peut-être ? Une collègue ?

Lorsqu'elle est arrivée devant le balcon, la femme a enlevé ses lunettes soleil. J'ai cru faire une attaque cardiaque !

Elle était identique.

Les mêmes yeux, les mêmes traits… C'était à s'y méprendre.

On aurait dit…

Francine.

J'ai senti un frisson me parcourir le corps en entier. J'avais l'impression que mon sang s'était glacé dans mes veines. Qui était cette dame ?

– Bonjour. Je suis Louise. C'est toujours la maison de ma sœur Francine ? m'a-t-elle demandé.

Complètement déboussolée, j'ai juste hoché la tête de haut en bas. Je dévisageais celle qui m'avait dit s'appeler Louise. C'était incroyable à quel point les deux femmes se ressemblaient. Louise avait le visage plus rond que Francine, mais tout le reste était pareil.

– Tu t'appelles comment ?

– Elsie. Je suis… j'étais la voisine de Francine. En fait, je le suis encore, mais elle…

Instantanément, mes yeux se sont remplis d'eau. Je n'étais pas capable de le dire. Morte. Je pense que ce qui me dérangeait le plus, c'était de ne pas savoir si Louise était au courant ou non. Je n'avais pas envie de devoir lui annoncer la mort de Francine. Je savais qu'elles ne se parlaient plus depuis des années, mais c'était tout de même sa sœur.

– Oui, elle est morte, je sais, a-t-elle déclaré en regardant ailleurs.

Ouf! Pas besoin de le lui dire.

– Je suis désolée. Vraiment. Je la connaissais depuis que je suis toute petite et ça a été très difficile... Vous lui ressemblez beaucoup.

À ce moment-là, nos yeux se sont croisés et nous nous sommes souri. Elle avait sans aucun doute le même sourire que sa sœur.

– Je ne sais pas ce que tu fais dehors si peu habillée, il fait froid. Tu veux entrer ? a-t-elle lancé en sortant un trousseau de clés de sa poche.

– Euh... oui, d'accord.

Je n'avais pas spécialement envie d'entrer dans la maison de Francine avec une inconnue, mais quelque chose en moi me disait de lui faire confiance. Après tout, c'était sa sœur. Un rapide coup d'œil à ma maison m'a fait comprendre que tout était mieux que de retourner chez moi.

Même après toutes ces années, Louise avait gardé une clé de la maison quelque part chez elle.

Après l'avoir essayée, nous avons constaté que Francine n'avait jamais fait changer la serrure. Elle aurait très bien pu décider de la remplacer afin d'empêcher sa sœur de revenir, mais elle ne l'avait pas fait.

Louise marchait devant moi, les yeux grands ouverts, retrouvant la maison de son enfance. Je suis allée au salon, et me suis assise sur ma chaise habituelle. Louise se promenait d'une pièce à l'autre, et je préférais lui laisser son intimité pour qu'elle puisse rester dans ses souvenirs.

Mon regard s'est posé sur l'étagère qui était tombée la dernière fois que j'étais venue ici. C'est à cause de cette étagère que j'avais pris la décision d'utiliser le jeu de Ouija pour appeler Francine. Même si, au départ, ça m'avait semblé être une bonne idée, j'en doutais maintenant. Peu importe ce qui s'était passé, à la suite de ma séance de Ouija, quelque chose avait changé.

Tout à coup, j'ai entendu des pas à l'entrée du salon. Louise s'est installée en face de moi, le regard triste. Je lui ai souri faiblement. J'étais mal à l'aise, puisque je ne savais pas du tout quoi lui dire.

– Je n'ai pas eu la force de venir à l'enterrement et il m'a fallu quelques semaines avant de me décider à venir faire le ménage ici, a expliqué Louise. Comme je suis le seul membre restant de la famille, c'est à moi que revient cette tâche, même s'il n'y a pas de testament.

Je l'ai regardée sans rien dire.

– Il faut préciser qu'en plus du décès de ma sœur, j'ai de mauvais souvenirs de ce quartier... Je croyais ne jamais avoir à revenir ici...

Mauvais souvenirs ? Qu'est-ce qu'elle voulait dire ? Mon regard curieux m'a probablement trahie, puisque Louise a esquissé un petit sourire.

– As-tu un moment devant toi ? Je pourrais tout te raconter.

J'ai hoché la tête.

– Je vous écoute.

Chapitre 12

« COMME TU LE SAIS probablement, j'ai grandi dans cette maison, avec Francine et nos parents. Nous y sommes nées, en fait. Nos parents l'ont fait bâtir quelques années avant que nous venions au monde. C'était la première du quartier. Rapidement, de nombreuses constructions sont apparues, mais notre famille a été seule quelques années durant.

« Alors que j'avais onze ans et que Francine en avait neuf, une famille a acheté le terrain juste en face. Nous étions pleines d'espoir : la majorité des maisons autour de nous étaient habitées par de très jeunes familles, si bien que nous étions toujours seules. Nous souhaitions de tout notre cœur voir une famille avec des enfants de notre âge s'installer en face. Au fil des semaines, nous avons vu les ouvriers construire l'énorme maison. Tous les jours, nous nous collions le nez contre la vitre de la fenêtre, curieuses de voir l'avancement des travaux.

« Quel bonheur le jour où nous avons vu des enfants descendre de la camionnette ! Il y avait deux garçons d'à peu près notre âge et deux filles, qui semblaient un peu plus âgées. Nous étions folles de joie ! Nous avons demandé à nos parents si nous pouvions aller faire connaissance avec nos nouveaux voisins, mais ils n'ont pas voulu. Nous avons dû attendre plus de quatre jours avant d'aller les voir. Nos parents disaient que nous devions leur laisser le temps de s'installer avant d'aller les importuner. Lorsqu'ils nous ont finalement donné la permission de nous y rendre, nous avons enfin pu rencontrer ceux qui allaient devenir nos très bons amis.

« Franklin, le père, était fermier. À la suite d'un accident de travail, il avait dû quitter la ferme où il avait vécu jusque-là avec sa famille. Il espérait maintenant se construire une épicerie. Nancy, sa femme, était institutrice : elle allait enseigner à l'école du village. Ils avaient quatre enfants. Anne avait quinze ans, Michelle en avait douze, James, onze et Robert, dix.

« Cette rencontre a été le début d'une grande amitié. Nos parents s'entendaient à merveille et semblaient toujours vouloir trouver des occasions pour se voir, ce qui faisait aussi notre bonheur.

Michelle, James, Robert, Francine et moi étions inséparables. Nous marchions ensemble pour aller à l'école et en revenir. Nous faisions nos devoirs ensemble. Nous passions nos week-ends ensemble. L'été, c'était encore pire : il était pratiquement impossible de nous voir séparés. Anne, étant un peu plus vieille, avait ses propres amis, mais elle aimait bien passer du temps aussi avec nous. Francine et moi étions aux anges : nous avions trois meilleurs amis, ainsi que leur grande sœur qui nous permettait d'essayer son maquillage et qui nous coiffait les cheveux.

« Cependant, notre conte de fées n'a pas duré longtemps.

« Quelques années après leur arrivée, Nancy est soudainement tombée malade. J'étais trop jeune à l'époque pour savoir ce qui se passait, mais j'ai compris par la suite qu'elle avait été foudroyée par un cancer. Entre la découverte de sa maladie et son décès, il ne s'est écoulé que quatre mois. Entre leurs différents rendez-vous à l'hôpital, mes parents proposaient souvent à Franklin et à Nancy de surveiller leurs enfants, afin de leur éviter un fardeau supplémentaire. James, Robert, Anne et Michelle dormaient très souvent à la maison, puisque leur père préférait rester en ville avec sa femme. C'était plus simple que de devoir faire constamment l'aller-retour. De toute façon, nous avions de l'espace pour accueillir quatre enfants de plus.

« Un soir, nous étions tous en train de manger quand nous avons vu la voiture de nos voisins d'en face se stationner. Mes parents nous ont fait signe de descendre au sous-sol avec nos amis. J'imagine qu'ils avaient senti que quelque chose ne tournait pas rond. Lorsqu'ils sont sortis, ils ont vu Franklin assis sur le petit mur de briques, la tête dans les mains. Nancy était morte.

« Ce soir-là, ma mère a offert à Franklin de garder les enfants pour la nuit, et mon père est resté avec lui pour planifier les funérailles. Ça a été une nuit très difficile. Nous pouvions entendre nos amis pleurer dans le noir, à l'autre bout du corridor. Francine et moi nous sentions tellement impuissantes, tellement tristes pour eux. Je me rappelle à quel point cet évènement m'avait bouleversée. Il m'avait fait comprendre que nous n'étions pas éternels et que nous allions tous mourir.

« Après le décès de sa femme, Franklin est tombé dans une immense dépression. Il dormait peu, ne mangeait plus, et n'en avait plus rien à faire de ses enfants. Ces derniers étaient presque tout le temps à la maison, surtout parce que ma mère s'inquiétait pour eux. Après avoir perdu leur mère, ils se retrouvaient avec un père qui les ignorait. Évidemment, mes parents ont essayé d'aller lui parler : rien à faire. À cette époque, il y avait très peu de ressources médicales, si bien que Franklin a sombré dans l'alcoolisme. S'il n'était pas à la maison, il était au bar du village, en train de noyer sa peine dans le gin. Je ne compte plus le nombre de fois où, à minuit, l'heure de la fermeture du bar, mon père est parti en voiture pour ramener Franklin avec lui, histoire de lui éviter un accident.

« Un soir, alors que Francine et moi étions au lit, nous avons entendu plusieurs coups de feu. Il paraissait évident qu'ils venaient de chez nos voisins d'en face. Notre père est sorti pour aller voir ce qui se passait. C'est notre mère qui s'est occupée d'appeler la police. Nous avons attendu quelques secondes, pour voir notre père revenir en trombe. Il a couru aux toilettes pour vomir. Lorsqu'il en est ressorti, il a crié : "Le pauvre… les pauvres…" Puis il est tombé à genoux sur le sol.

« Après, je ne me rappelle plus trop. J'ai bien vu la police arriver, l'ambulance, toutes sirènes hurlantes. L'une à la suite de l'autre, les civières, cachées d'un drap blanc, nous ont fait comprendre la triste réalité : nos amis n'étaient plus.

« Le rapport du médecin légiste quelques jours plus tard nous a confirmé ce que nous craignions. Franklin s'était bel et bien procuré un fusil quelques jours auparavant. Il avait d'abord prévu de se suicider, puisqu'il lui était impossible de vivre sans sa femme. Il avait ensuite pensé qu'il ne pouvait pas infliger un nouveau deuil à ses enfants. Il avait donc décidé de les emmener avec lui dans la mort pour qu'enfin, toute la famille soit réunie.

« Le soir même, il avait bu un cocktail d'alcool et de pilules, pour se donner du courage. Quelques instants après, il était monté à l'étage.

« Il avait tout d'abord abattu ses deux filles aînées dans la chambre du fond. James et Robert avaient probablement tenté de s'enfuir, puisqu'ils avaient été retrouvés morts l'un dans le corridor et l'autre dans l'escalier. Quant à Franklin… il avait été retrouvé par mon père devant la porte d'entrée, tenant un cadre avec une photo de sa femme dans ses mains. Il s'était suicidé.

« Cette nouvelle a complètement ébranlé le village. Ils étaient appréciés de tous. En classe, c'était affreux. C'est comme si, après leur décès, tout le monde avait arrêté de respirer et de vivre à la fois.

« La maison est restée inhabitée durant deux ou trois ans. Évidemment, tout le monde connaissait l'histoire fatale qui y était arrivée, et personne n'avait envie d'y vivre.

« Comme tu le sais sûrement, Francine était passionnée par le paranormal et l'occulte. Moi aussi, je l'étais, mais Francine était beaucoup plus brave que moi dans ce domaine, elle n'avait pas peur de prendre des risques pour avoir des réponses.

« Quelques mois après le décès de nos amis, je l'ai vue sortir de leur maison en pleurant. Lorsque je l'ai questionnée, elle m'a avoué être allée chez eux pour tenter de leur parler à l'aide d'un jeu qui s'appelle Ouija. Elle a refusé de me dire ce qui s'était passé, mais je me souviendrai toujours de son regard lugubre lorsqu'elle m'a dit que les morts devaient rester avec les morts et que plus jamais elle ne tenterait l'expérience.

« Sur le coup, je lui en ai voulu énormément parce qu'elle ne voulait rien me dire. Alors, nous n'en avons plus jamais parlé.

« J'aimerais pouvoir te dire que la vie a repris son cours, mais ce n'est pas le cas. Les disputes entre Francine et moi étaient de plus en plus fréquentes, au déplaisir de nos parents. Je n'arrivais pas à renouer avec elle.

« Quelques années plus tard, notre mère est décédée. Ça a été très difficile, parce que c'était soudain. Comme nous ne vivions plus à la maison, nous n'avons pas pu lui dire un vrai au revoir. Son décès a occasionné de nouvelles disputes entre Francine et moi. En présence de notre père, nous tentions de faire bonne figure, mais c'était difficile. Je crois que c'est cet évènement qui a été le début de la fin.

« Nous avons définitivement coupé les ponts après le décès de notre père. Crise cardiaque. Il avait été dévasté par le décès de notre mère, et je pense qu'il ne s'en était jamais totalement remis.

Je dois dire que je n'ai pas tenté de recontacter ma sœur, et elle non plus. Tout ce que je sais, c'est qu'elle est retournée vivre dans la maison familiale. Oh, je te mentirais si je te disais que je ne pensais pas à elle. Je me demandais si elle s'était mariée, si elle avait eu des enfants. Je ne sais pas si c'était la même chose de son côté. J'en doute. Elle n'a jamais tenté de me contacter. Finalement, nous ne nous sommes jamais revues. J'ai appris sa mort le mois dernier. »

Chapitre 13

DEVANT MOI, LOUISE se séchait discrètement les yeux. J'étais trop bouleversée par cette sordide histoire pour même tenter de la consoler.

– Elle me manque, tu sais. J'aurais tellement voulu pouvoir lui parler une dernière fois.

À ce moment, j'ai vu dans ses yeux son immense peine. Les larmes coulaient sur ses joues. Malgré leurs différends, elle aimait sa sœur, et sa mort lui avait brisé le cœur. Je me suis levée, comme un automate, me suis assise à côté d'elle et lui ai pris la main. Je ne connaissais pas cette femme, mais j'avais tellement d'estime pour Francine que je me disais que je lui devais bien cela.

Malgré tout, un mystère planait encore. J'ai pris mon courage à deux mains pour lui demander :

– Louise ? Pourquoi est-ce que vous me racontez tout ça ?

À travers ses larmes, elle m'a souri légèrement.

– Je me suis dit que, comme tu étais proche de Francine, cette histoire devrait t'intéresser.

Mon cœur a failli s'arrêter.

Je vivais dans la maison d'en face. Celle où quatre meurtres et un suicide s'étaient produits.

Oh non.

– Elsie ? Ça va ?

Les yeux écarquillés, j'étais terrifiée parce que je revivais l'histoire que Louise venait de me raconter, mais dans un autre décor : c'était chez moi.

Michelle, Anne, James, Robert et Franklin étaient morts chez moi.

Je voyais le mur juste devant l'escalier, recouvert de sang après le coup de fusil que Franklin s'était donné.

Ils étaient tous morts chez moi et je n'en savais rien.

Je me suis précipitée vers la salle de bain pour vomir. Après avoir tiré la chasse, j'ai posé mon front sur le siège de la toilette, dont la fraîcheur m'aidait à reprendre mes esprits. Je me suis rassise par terre, le cœur battant encore fort. En relevant la tête, j'ai vu Louise derrière moi, un verre d'eau à la main.

– Ça va mieux, Elsie ? m'a-t-elle demandé en s'accroupissant à mes côtés.

– Mmm mmm. J'imagine que l'histoire et le fait de réaliser que tout ça s'est passé dans ma maison…

– Tu n'étais pas au courant ?

J'ai secoué la tête de droite à gauche.

– Non. Pour être honnête, je ne sais même pas si mes parents sont au courant. Je me rappelle, quand j'étais petite, ils disaient souvent qu'ils avaient eu de la chance d'avoir eu cette maison à si bas prix, mais… je crois qu'ils ne le savent pas.

Ou peut-être qu'ils le savaient et qu'ils n'en avaient rien à foutre.

Dans tous les cas…

J'ai pris le verre d'eau des mains de Louise et l'ai bu d'une traite.

– Je n'arrive pas à croire que Francine ne m'en ait jamais parlé ! Nous parlions de tout…

– Oh, tu sais, cette histoire est arrivée bien avant que tu ne viennes au monde… Elle ne voulait sans doute pas t'inquiéter.

J'ai hoché la tête, mais je me sentais tout de même trahie. Francine m'avait volontairement caché quelque chose de grave. De très grave, même. J'étais très déçue. J'avais vécu près de DIX ANS dans cette maison, sans savoir ce qui s'y était passé. À bien y penser… c'était peut-être pour ça que je ne m'y étais jamais sentie cent pour cent à l'aise. Parce qu'une partie de moi ressentait les horribles meurtres qui y avaient été commis.

Tout à coup, mon cœur a fait trois tours. Si cinq personnes étaient mortes dans ma maison… est-ce que ça en faisait un lieu hanté ? Est-ce qu'en voulant appeler Francine avec le Ouija, j'avais contrarié une entité quelconque qui maintenant voulait ma peau ?

Après tout, les directives étaient claires : les novices ne devaient en aucun cas tenter d'entrer en communication avec un esprit dans une maison hantée, puisqu'il y avait trop de risques que ça tourne mal. Moi qui avais cru qu'il valait mieux faire la séance de Ouija chez moi que chez Francine… j'avais eu tort.

S'inquiétant sans doute de me voir ainsi perdue dans mes pensées, Louise s'est raclé la gorge pour attirer mon attention.

– Je suis vraiment désolée, je ne croyais pas que cette histoire te mettrait autant à l'envers. Tu n'as pas à t'en faire avec ça. C'est terminé depuis longtemps et il n'est jamais rien arrivé dans cette maison depuis, pas vrai ?

J'ai levé la tête vers elle.

– Ben, justement…

Louise a ouvert grand les yeux.

– Tu veux dire qu'il se passe quelque chose de pas normal chez toi ?

En regardant par terre, j'ai acquiescé d'un signe de tête. Est-ce que je devrais lui en parler ? Elle avait beau être la sœur de Francine, je ne la connaissais pas. C'était un plan pour qu'elle me traite de folle.

OK, tant pis, c'était trop important.

– J'ai utilisé un jeu de Ouija pour contacter Francine chez moi… et ça n'a pas vraiment fonctionné.

Louise me regardait sans rien dire. Je ne savais pas trop si elle était fâchée, découragée ou simplement terrifiée. Après tout, c'est une situation comme celle-là qui avait provoqué la discorde entre les deux sœurs bien des années auparavant. Parce que Francine avait tenté de contacter l'au-delà.

J'avais l'impression d'être une enfant qui a fait une bêtise, prête à se faire gronder.

– Qu'est-ce qui s'est passé ? a fini par demander Louise.

Je lui ai tout déballé : ma peine à la suite de la mort de Francine, l'impossibilité de faire mon deuil sans lui avoir dit au revoir, la séance de Ouija interrompue, l'accident de mon père ainsi que la fuite de gaz et la voix lugubre dans le corridor. J'avais de la difficulté à parler, tant je pleurais, mais je n'avais pas d'autre choix que de tout lui raconter.

Au bout de quelques minutes, j'ai fini par me calmer. Louise n'avait toujours rien dit lorsque j'ai repris la parole :

– Je pensais que c'était la meilleure chose pour enfin faire mon deuil. Je voulais juste lui parler une dernière fois… Mais ça n'a pas fonctionné et, là, avec tout ça, j'ai trop peur..., ai-je dit en reniflant.

– Aucun doute, Elsie, j'ai déjà vu de meilleures idées, a laissé tomber Louise.

– Je sais.

Louise a pris sa tête dans ses mains. Rien pour me rassurer.

– As-tu réussi à parler à Francine ce soir-là ?

– Je ne sais pas… J'étais avec mon amie Olivia, et nous avons demandé à l'esprit d'épeler son nom. Il a réussi à montrer les lettres « F », « R », « A » et « N », mais comme ma mère est arrivée juste à ce moment, nous avons dû cacher le jeu. Nous n'avons pas pu terminer la séance correctement. Nous avions réussi à entrer en contact, mais… nous n'avons pas pu avoir de discussion.

– Et les phénomènes bizarres ont commencé quand exactement ?

– Quelques jours plus tard. Ça a commencé avec l'accident de voiture de mon père. Il est encore à l'hôpital, d'ailleurs. Ça aurait pu être une coïncidence, mais avec la fuite de gaz d'aujourd'hui et la voix que j'ai entendue dans le corridor… je ne suis plus certaine. Surtout après ce que vous venez de me raconter.

Louise avait vraiment l'air grave, comme si elle trouvait mon histoire inquiétante. En fait, il y avait de quoi s'inquiéter : j'avais eu de la chance de me réveiller à temps et d'éviter une catastrophe, mais ça aurait pu finir autrement.

– Francine a toujours refusé de me dire ce qui s'était passé lors de sa visite chez nos voisins après leur décès. Tout ce que je sais, c'est qu'elle a tenté de les contacter et qu'elle l'a beaucoup regretté.

– C'est peut-être pour ça qu'elle m'a toujours dit qu'il ne fallait pas faire n'importe quoi avec le jeu de Ouija… J'ai pris toutes les précautions nécessaires avant de faire la séance… Mais j'ignorais que cinq personnes étaient mortes chez moi… Je ne sais pas quelles conséquences ça peut avoir… Si seulement ma mère n'était pas arrivée, j'aurais pu au moins continuer de parler avec Francine et tout ça en aurait valu le coup !

J'ai pris ma tête dans mes mains. Tout allait beaucoup trop vite. Au bout de quelques instants, je me suis redressée. Louise me regardait d'un air compatissant.

– Je pense que tu n'as pas compris…

– Compris quoi ?

Je me suis relevée davantage, attentive.

– Ce que je tente de te dire, Elsie, c'est que quand tu as appelé Francine, quelqu'un d'autre t'a entendu.

– Mais comment c'est possible ?

– Quand tu appelles un mort… ils peuvent tous t'entendre.

J'ai encore une fois arrêté de respirer. Visiblement, c'était optionnel pour moi aujourd'hui.

– Ce n'est pas à elle que j'ai parlé ? Mais… elle a commencé à épeler son prénom et…

J'ai fixé Louise. Elle n'a pas eu besoin de répondre. Son regard voulait tout dire. J'avais compris.

Franklin.

C'était à Franklin que j'avais parlé.

Chapitre 14

DEPUIS DEUX JOURS, la conversation que j'avais eue avec Louise tournait sans cesse dans ma tête. J'étais constamment sur mes gardes, à surveiller la moindre chose qui pouvait bouger autour de moi. Réaliser que j'avais fait une séance Ouija dans une maison où cinq personnes étaient décédées de mort violente m'avait profondément ébranlée. En plus, nous ne l'avions pas terminée correctement. Cependant, Louise m'avait affirmé que le fait de ne pas avoir fini la séance n'avait pas grande conséquence : si un esprit voulait me faire du mal, il l'aurait fait de toute façon.

Tout pour me rassurer.

Après en avoir discuté, Louise et moi avions conclu que c'était sûrement Franklin qui avait répondu à mon appel, puisque les quatre premières lettres de son prénom étaient les mêmes que celles de « Francine » et que j'habitais dans sa maison. Nous avions convenu qu'avant de nous inquiéter, nous allions laisser passer quelques jours afin de voir si d'autres phénomènes paranormaux se produiraient. Il n'était rien arrivé depuis samedi. Rien du tout. Quand j'étais à la maison, je surveillais mes arrières et j'avais incroyablement peur, mais c'était le calme plat. Comme si rien ne s'était passé. J'avais presque espoir d'avoir tout imaginé. Cependant, la boîte du jeu de Ouija camouflée derrière mon lit me prouvait le contraire.

De tout mon cœur, j'espérais que l'accident de mon père et la fuite de gaz n'étaient que des coïncidences. Après tout, c'était possible… Quant à la voix qui m'avait chuchoté à l'oreille… j'essayais de me faire croire que ce n'était que le fruit de mon imagination.

Peut-être qu'à force de me le répéter, ça deviendrait la vérité.

Nous étions lundi après-midi et, même si j'étais terrorisée, je n'avais pas parlé de toutes ces histoires de fantômes à mes parents. Mon père avait pu sortir de l'hôpital le dimanche soir. Il allait bien et il n'aurait besoin que de quelques semaines de convalescence à la maison, mais tout cela avait énormément stressé mes parents. Je n'avais pas à leur en mettre davantage sur les épaules.

En apprenant l'arrivée de Louise, ma mère avait tenu à la rencontrer. Elle était soulagée que quelqu'un soit enfin là pour mettre de l'ordre dans les affaires de Francine : nettoyer la maison, s'occuper de ses papiers et autres documents légaux.

Je n'avais pas non plus parlé de ce qui s'était passé à Olivia, parce que je n'avais pas envie de la mêler à cela. Elle en avait déjà fait bien plus pour moi que ce à quoi je m'attendais. Bien sûr, j'avais peur qu'elle soit aussi victime de phénomènes étranges… Mais si ça avait été le cas, elle m'en aurait probablement déjà parlé.

Louise était au courant, et cela me suffisait. Si elle ne savait pas *comment* m'aider, je savais qu'au moins elle *voulait* m'aider.

Ce soir-là, j'avais prévu d'aller à la bibliothèque de ma ville afin de faire des recherches sur le paranormal. Je n'avais aucune idée de ce que je cherchais exactement, mais ça me guiderait peut-être pour la suite des choses. Ça servirait au moins à me rassurer.

En descendant l'escalier pour sortir de chez moi, j'ai vu mes parents dans le salon.

– Je vais étudier à la bibliothèque, leur ai-je dit rapidement, n'ayant pas envie qu'ils me posent des questions.

– OK, Elsie, ne rentre pas trop tard, d'accord ?

– Non, promis, maman. La bibliothèque ferme à 20 h, de toute façon.

– Tu y vas seule ?

– Oui, j'ai un gros travail de recherche à faire et ils ont pas mal de documentation là-bas.

– Bon, très bien. Fais-nous juste savoir si jamais tu vas ailleurs après, d'accord ?

– Oui, maman, t'inquiète ! Tu me connais ! ai-je répondu avec un sourire découragé.

Le trajet jusqu'à la bibliothèque s'est fait sans embûches. Depuis l'accident de mon père, j'étais un peu craintive au volant. Je conduisais lentement, sans musique, et chacun de mes sens était à l'affût, prêt à remarquer n'importe quel mouvement inhabituel.

Arrivée à la bibliothèque, j'ai constaté qu'il n'y avait presque pas de voitures dans le parking. Parfait, ça allait me permettre de faire mes recherches tranquillement, sans personne pour regarder par-dessus mon épaule.

Juste avant de descendre de la voiture, j'ai senti mon téléphone vibrer dans la poche de ma veste.

Sans regarder, je me suis doutée que c'était Felix.

Je ne lui avais pas donné beaucoup de nouvelles depuis l'accident de mon père. Je lui avais seulement envoyé un message vague par texto, lui disant que mon père allait s'en tirer. Il m'avait répondu un classique message gentil, pour me signifier qu'il était là s'il y avait quoi que ce soit, mais je n'avais pas répondu. J'en avais trop sur les épaules pour pouvoir gérer une nouvelle relation. Amicale ou pas.

J'ai tout de même pris la peine de regarder mon téléphone, juste au cas où.

« *Hey, ça va ?* »

C'était bien lui. Je n'ai pas répondu. Je m'en occuperais plus tard. L'heure de la fermeture de la bibliothèque approchait ; je devais donc trouver le plus d'informations possible en peu de temps.

L'intérieur de l'établissement était aussi tranquille que l'extérieur. La bibliothécaire était assise à son bureau, au centre de la salle, et n'a relevé les yeux que pour me saluer. Autrement, il n'y avait que cinq ou six personnes, installées aux tables de lecture.

Je suis allée déposer mon manteau et mon sac sur une table libre, au fond de la bibliothèque. Je savais que je pouvais laisser mes affaires sans crainte de me faire voler. Je me suis ensuite dirigée vers un ordinateur pour commencer mes recherches.

J'ai alors réalisé que je n'avais strictement aucune idée de ce que je devais chercher. Un livre sur les esprits, ça, c'était certain. Mais est-ce que j'allais trouver un ouvrage aussi précis et pointu dans une bibliothèque municipale ? Il aurait sûrement été plus simple de consulter Internet. Cela dit, il y avait un petit quelque chose d'excitant et de mystérieux à faire mes recherches à la bibliothèque.

Je me suis surprise à sourire. Pour une fille qui vivait une vie plus qu'ordinaire quelques jours auparavant, je me retrouvais soudain mêlée à une histoire d'esprits et de meurtres, et je voulais encore plus d'aventure en allant faire des recherches à la bibliothèque.

Décidément, j'étais une fille pleine de surprises !

Dans la fenêtre de recherche, j'ai tout simplement tapé « esprits ». Au bout de quelques secondes, plusieurs titres sont apparus à l'écran, contenant tous ce mot. J'étais vraiment surprise, puisqu'une cinquantaine de résultats défilaient devant mes yeux. Je me suis vite aperçue que le moteur de recherche du système de la bibliothèque n'indiquait que le titre du livre, son nombre de pages, son emplacement et son éventuelle disponibilité. Pas de description ni même de photo de la couverture.

J'ai pris en note les références des ouvrages qui m'intéressaient le plus, ce qui m'a fait réaliser qu'ils se trouvaient tous au même endroit, dans une section spéciale. Cette section était en fait réservée aux gens de plus de dix-huit ans. Les adultes. Ce que je n'étais pas encore.

Moi qui pensais être près du but !

Je me suis mise à observer les alentours. Il y avait seulement quelques jeunes en train d'étudier pour leurs futurs examens, j'imagine. La bibliothécaire était toujours à son bureau, la tête penchée. Elle avait l'air très absorbée par ce qu'elle faisait.

D'un petit mouvement de la main, j'ai fait tomber un livre. Ça a fait un bruit sec quand il a atterri à plat sur le sol. Pourtant, la bibliothécaire n'a même pas levé les yeux pour voir ce qui s'était passé. J'avais fait exprès afin de vérifier à quel point elle était concentrée. Si elle n'avait pas réagi, elle n'allait certainement pas me voir me faufiler dans la section réservée.

Discrètement, j'ai avancé avec confiance vers la petite porte qui menait à cette section. J'avais tellement l'air de savoir ce que je faisais que personne n'aurait pu se douter que je n'étais pas censée être là. De toute façon, ni la bibliothécaire ni les autres gens ne faisaient attention à moi.

Une fois entrée, j'ai doucement refermé la porte. Je n'ai pas eu de difficulté à trouver les livres que je cherchais, puisque la section réservée n'était pas très garnie. Les ouvrages sur les esprits et le paranormal ne remplissaient qu'une seule rangée, et même pas au complet.

Je me suis mise à les consulter un par un, regardant leur couverture et lisant leur résumé. J'étais un peu découragée. Ces livres semblaient se ressembler, mais surtout ils contenaient tous trop de matière pour que je puisse en tirer quelque chose en une seule soirée.

J'ai pris mon téléphone dans ma poche pour regarder l'heure : 19 h 37.

La bibliothèque fermerait ses portes dans un peu plus de vingt minutes. Je n'aurais donc pas le temps de parcourir les différents ouvrages, encore moins de faire des photocopies. J'allais devoir revenir un autre jour.

Cependant, alors que je m'apprêtais à remettre les livres à leur place, j'ai eu l'idée de prendre leurs couvertures en photo à l'aide de mon téléphone. Peut-être qu'il était possible de consulter certains d'entre eux en ligne, ou que je pourrais tout simplement les acheter. Je me dépêchais de photographier chaque couverture, parce que je n'avais pas envie que la bibliothécaire me prenne en flagrant délit. Déjà, je n'avais pas le droit d'être dans cette pièce, mais est-ce que j'aggravais mon cas en prenant des couvertures en photo ?

– C'est ici que je dois aller pour te trouver, maintenant ?

Surprise, je me suis retournée en sursautant. Mon cœur battait à toute vitesse parce que je ne m'attendais pas du tout à ce qu'il y ait une autre personne dans la pièce. En entendant quelqu'un parler, j'avais cru que je m'étais fait prendre par la bibliothécaire, mais j'avais vite réalisé qu'il s'agissait d'un homme.

C'était Felix.

– Felix. Oh, mon Dieu ! ai-je soufflé en mettant ma main sur mon cœur.

– Il me semble que c'est toujours moi qui engage la conversation en te faisant peur, m'a-t-il dit avec un sourire.

– Oui, effectivement. C'est juste que t'as cette tendance à être super discret et à apparaître quand on ne s'y attend pas, tu vois ? ai-je répondu en souriant à mon tour.

Bah, il valait mieux en rire qu'en pleurer.

– Et… tu fais quoi ici ? m'a demandé Felix.

Baissant les yeux, j'ai vu que je tenais dans mes mains un livre sur l'occulte et le paranormal. J'aurais pu tenter de le cacher derrière moi, mais trop tard, Felix l'avait déjà vu.

– Tu m'espionnes ou quoi ? me suis-je exclamée.

Je riais, mais j'étais un peu inquiète aussi. Qu'est-ce qu'il faisait ici, en même temps que moi ?

– Je suis ici depuis plusieurs heures. C'est le seul endroit où je réussis à rester concentré.

– Oh.

– Rassurée ?

– Euh… oui. Désolée. Je ne m'attendais juste pas à voir quelqu'un ce soir. Surtout pas ici.

Ce qui était vrai, au fond. Felix avait le même âge que moi et, a priori, n'avait pas le droit d'être ici. Il me regardait toujours en souriant.

– Alors… tu vas me dire pourquoi tu t'intéresses aux… esprits ? a-t-il lancé, après avoir tourné la tête pour être en mesure de lire le titre du livre que je tenais.

– Euh… ça m'intéresse beaucoup en fait, je voulais me renseigner, ai-je répondu en tentant de prendre un air décontracté, comme s'il était normal qu'une fille de dix-sept ans s'intéresse à un tel sujet.

Évidemment, Felix ne semblait pas du tout me croire, à en juger par son sourire moqueur.

– Tu n'es pas obligée de me mentir, tu sais, Elsie. S'il y a quelqu'un qui ne te jugera pas, c'est bien moi.

– Oh, mais non, ce n'est pas un mensonge, ça m'intéresse réellement, Felix.

– Et tu vas essayer de me dire que ça n'a rien à voir avec l'endroit où tu habites ?

Euh… quoi ? L'endroit où j'habitais ? Il était au courant ? Mais comment c'était possible ?

Il a dû remarquer mon air interrogateur, puisqu'il a éclaté de rire. J'ai froncé les sourcils.

– Comment t'es au courant ? Moi-même, je ne l'ai su que récemment.

– Ma famille vit ici depuis très longtemps. Mon grand-père allait à l'école avec les enfants qui habitaient là. Il connaissait Francine aussi, d'ailleurs.

Il avait dit la dernière phrase en baissant les yeux, comme pour ne pas avoir à croiser mon regard, comme s'il pensait être allé trop loin. Cependant, ses mots m'ont adoucie.

– Ah bon ? Ils… ils étaient amis, tu dis ?

– Oui. Il était très triste quand il a appris son décès. Il aurait aimé aller aux funérailles, mais… Enfin, c'est compliqué. Disons qu'il est malade et qu'il peut difficilement sortir de chez lui maintenant.

– Oh, je suis désolée, Felix, lui ai-je dit en lui prenant le bras.

– Alors ? Tu vas me dire ce que tu fais ici ? m'a-t-il encore demandé.

De toute évidence, je n'allais pas pouvoir m'en sortir aussi facilement. Je n'avais pas spécialement envie de lui raconter cette histoire, pour être honnête. Si ma meilleure amie n'était pas au courant alors que ça la concernait davantage, pourquoi est-ce que j'aurais dû en parler à Felix ? J'ai soupiré.

– Je ne suis pas certaine que tu aies envie d'être mêlé à tout ça. C'est compliqué, tu vois. De toute façon, c'est une longue histoire, et la bibliothèque ferme bientôt, lui ai-je dit.

Ce n'était probablement pas la meilleure des excuses, mais au moins elle était réaliste. D'un pas décidé, sans l'attendre, je suis sortie de la pièce pour me rendre à la table où se trouvaient mes affaires. J'ai pris mon sac et mis mon manteau, jusqu'à ce que je réalise que Felix m'avait suivie.

– Ça tombe bien, j'ai une patience immense pour les longues histoires. T'as envie d'aller prendre un café ?

– Non.

Sans même que j'aie réfléchi, le mot était sorti de ma bouche. Je n'aurais pas pu être plus honnête. Felix a alors pris une expression douloureuse.

– Argh. Vraiment, un « non » aussi brutal ? Ma compagnie est si désagréable ?

J'ai soupiré.

– Non, Felix, ce n'est pas…

– « Ce n'est pas toi, c'est moi », m'a-t-il interrompue. Je l'ai déjà entendue, celle-là, sauf que, cette fois, j'ai bien envie d'insister.

– Ça veut dire quoi ça, exactement ?

– Que je vais te demander à nouveau si tu as envie d'aller prendre un café avec moi. Parce que je te trouve intéressante, belle, mystérieuse, et qu'à chaque fois que je souhaite passer du temps avec toi, il y a toujours quelque chose qui se met dans mon chemin.

Je l'ai regardé d'un air désespéré. Je n'avais pas envie d'aller prendre un café avec lui parce que je n'avais pas envie de lui raconter mon histoire. Pas parce que je ne voulais pas passer du temps en sa compagnie. C'était tout le contraire, même. Ma bouche disait « non », mais ma tête au complet criait « oui ».

– OK, on y va. Mais juste pour une heure, d'accord ?

– Je croyais que tu avais une longue histoire à me raconter…, a-t-il répliqué avec un sourire taquin.

Je n'ai pas pu m'empêcher de lui sourire également.

– Peut-être que je peux essayer de la raccourcir.

Nous sommes sortis de la bibliothèque, puis nous nous sommes séparés en souriant, moi un peu plus que je ne l'aurais voulu.

Chapitre 15

POUR LA PREMIÈRE FOIS depuis quelques jours, j'ai réussi à conduire ma voiture avec un peu plus de désinvolture. J'étais tout aussi concentrée sur la route, mais j'avais mis de la musique et je laissais vagabonder mes pensées.

Je dois avouer que je n'avais toujours pas spécialement envie de raconter à Felix ce qui s'était passé… Mais ça me faisait du bien d'être avec quelqu'un de différent. Je n'avais pas du tout l'habitude de m'attacher aussi rapidement aux gens, mais, dans la dernière semaine, je l'avais fait deux fois : avec Louise et avec Felix.

J'appréciais leur présence et je souhaitais mieux les connaître, surtout Felix.

En garant ma voiture devant le café, j'ai vu que Felix y était déjà et qu'il m'attendait dehors, adossé à la façade. Quand je me suis approchée, il m'a ouvert la porte.

Sans un mot, nous nous sommes assis à une petite table. Nous avons enlevé nos manteaux, posé nos sacs par terre… puis nos regards se sont croisés. Je ne me souvenais plus à quel point ses yeux étaient perçants. Comme s'ils pouvaient voir au travers de moi. Prise de panique, j'ai baissé le regard. Je pense que ce moment l'a mis un peu mal à l'aise, car il s'est promptement levé.

– Qu'est-ce que tu veux boire ?

– Juste de l'eau.

Felix est parti au comptoir passer notre commande pendant que, moi, j'angoissais sur ma chaise. Je n'étais pas du tout prête à tout lui raconter. Est-ce que j'avais fait une gaffe en acceptant de venir ici ?

Au bout de quelques minutes, Felix s'est rassis à mes côtés. D'un mouvement désinvolte, il a fait rouler ma bouteille d'eau devant moi. Je l'ai attrapée avant qu'elle ne tombe par terre. Je me suis résignée à parler la première :

– Écoute, Felix, c'est vraiment compliqué… Ma vie, je veux dire.

– Pourquoi tu dis ça ?

– Tu ne veux pas savoir, ai-je répondu en éclatant de rire.

Non, assurément, il ne voulait pas savoir.

– Je sais que tu as vécu des choses difficiles ces derniers temps. Je comprends tout ça, vraiment. Je voulais juste te dire qu'on peut en parler ensemble. Si tu en as envie, a-t-il ajouté, comme pour éviter de m'embarrasser.

Soudain, sans même que j'y pense, ma bouche s'est ouverte toute seule. Je ne sais pas ce que ce garçon dégageait, mais il avait le don de me mettre à l'aise.

– Est-ce que tu crois au paranormal ?

– Au paranormal ? Oui.

– Oh. Vraiment ? ai-je dit, surprise.

Je ne m'attendais pas du tout à cette réponse, surtout de sa part ! Il me semblait très terre à terre, malgré son look un peu hipster. Il avait l'air réaliste et jamais je ne me serais doutée qu'il allait me répondre « oui » avec tant de conviction.

– Ma mère est morte quand j'avais douze ans. Depuis, je sens toujours sa présence près de moi.

– Oh, je suis désolée d'apprendre ça.

Ma main droite s'est posée sur la sienne, comme pour le réconforter. Je ne savais vraiment pas quoi dire à la suite de cette confession. Un silence gênant planait entre nous. Autant je ne savais pas quoi dire, autant lui essayait de ne pas laisser libre cours à ses émotions.

– Elle est décédée d'un cancer, en fait. Elle était malade depuis plusieurs années, mais c'est quand j'avais douze ans que tout s'est dégradé. J'étais à l'école la journée où elle est morte et je n'ai jamais pu lui faire de vrais adieux.

– C'est vraiment triste... Je te comprends. Francine, ce n'était pas ma mère, en fait nous n'étions même pas liées par le sang. Mais je l'aimais et ça m'a fait mal.

– Je suis le mieux placé pour te comprendre.

– Je ne sais pas quoi dire, Felix. Je suis vraiment désolée pour toi et ta famille.

L'atmosphère était lourde. J'avais juste envie de partir en courant et d'aller me cacher dans mon lit. Relevant les yeux, j'ai vu ceux de Felix, tout brillants de larmes.

C'est là que j'ai craqué et que je lui ai tout dit. J'ai raconté mon histoire depuis le début, exactement comme je l'avais fait avec Louise. Sans m'interrompre, il m'a écoutée. Ce qui m'a le plus surprise, c'est qu'il avait totalement l'air de me croire. Jamais il n'a semblé douter de ce que je lui disais, ce qui avait de quoi m'étonner, puisque, avouons-le, mon histoire n'avait aucun sens.

– Et... voilà où j'en suis aujourd'hui, à faire des recherches sur le monde spirituel pour réussir à me sortir de cette situation merdique dans laquelle je me suis mise bien malgré moi, ai-je conclu.

J'ai pris une longue gorgée d'eau, comme si le fait d'avoir parlé aussi longtemps m'avait assoiffée. Mon cœur recommençait à battre à un rythme normal et ma respiration, à se stabiliser. Malgré mes appréhensions, ça m'avait fait du bien de parler de tout ça à quelqu'un d'autre.

– Je suis content. Enfin, pas de ce qui t'arrive, mais que tu m'en aies parlé.

– Mmm. Moi aussi. Ça m'a fait du bien. Je suis juste… vraiment perdue, ai-je répondu en soupirant. Je suis allée à la bibliothèque pour tenter d'en apprendre un peu plus, pour voir si je serais en mesure de faire un lien, le plus minime soit-il, entre les différentes choses qui se passent… Peut-être que l'esprit a tenté de me faire peur, mais qu'il ne le fera plus.

Felix me regardait d'un air pensif, comme s'il réfléchissait réellement à ma situation.

– Donc, tu penses vraiment que c'est à Franklin que tu as parlé ?

– Je ne sais pas, je ne peux pas en avoir la certitude, mais ça aurait du sens. Je ne crois pas du tout que ça soit Francine, et Louise pense la même chose. Maintenant, je ne sais pas comment je pourrais prouver que c'est bel et bien lui. Mais bon… Depuis samedi, il n'est rien arrivé et j'espère que ça va continuer comme ça.

– Pourquoi tu fais des recherches sur les esprits alors ?

J'ai soupiré.

– Je sais pas.

– Mmm. OK.

Nous sommes redevenus silencieux, mais cette fois-ci nous nous regardions dans les yeux. C'est Felix qui a craqué le premier.

– Alors, tu vas faire quoi ?

– Je sais pas.

– Ça fait trois fois que tu répètes la même phrase.

– Je sais.

Mais c'était vrai : je ne savais pas quoi dire, quoi faire, et mes recherches n'avaient rien donné.

– Je vais attendre de voir. Croiser les doigts pour qu'il n'arrive plus rien.

– Tu vas faire brûler de l'encens et de la sauge ? m'a demandé Felix, l'air sérieux.

Je n'ai pas pu m'empêcher de rire.

– Non. C'est ce que j'ai fait le soir de la séance de Ouija et comme tu peux voir… ça n'a pas fonctionné.

À nouveau, nous nous sommes regardés dans les yeux, cette fois-ci en souriant. Je sentais une énergie différente passer entre nous. Est-ce que c'était à cause des confidences que je venais de lui faire ?

Au même moment, mon téléphone a vibré dans ma poche arrière. Sans m'en rendre compte, je m'étais assise dessus au lieu de l'enlever et de le déposer sur la table, comme je le faisais d'habitude. En le sortant, j'ai regardé l'heure : 21 h 57.

Et j'avais quatre appels manqués de ma mère.

– Oh merde, je n'ai pas entendu mon téléphone... ai-je marmonné à Felix afin de m'excuser de prendre l'appel.

– ELSIE ? Tu es où ?

– Je suis dans un café avec un ami, maman, désolée. On travaille sur un truc et je n'ai pas vu l'heure passer. J'arrive bientôt, d'accord ?

– Tu es à quel café ?

– Euh… un de ceux sur la rue principale, près de l'école. Pourquoi ?

– Dis-moi quand tu pars et ne tarde pas, il est tard et tu as école demain.

– OK.

Sans un mot de plus, j'ai raccroché. Je n'avais pas du tout envie de partir, mais je n'avais pas non plus envie de discuter avec ma mère. Comme la bonne petite fille que j'étais, j'allais retourner à la maison et m'excuser auprès d'elle.

Lentement, je me suis levée et j'ai commencé à ramasser mes affaires.

– Je suis désolée, Felix, il va falloir que je rentre.

– T'inquiète. Tu m'avais dit une heure, j'en ai eu pratiquement deux, m'a-t-il dit, accompagnant son sourire d'un clin d'œil.

Je lui ai également souri en mettant mon manteau.

Nous sommes sortis du café ensemble, côte à côte. Un vent froid s'était levé, mais le ciel était clair. La lune n'était pas tout à fait pleine, mais elle diffusait une belle lumière. Felix m'a accompagnée jusqu'à ma voiture. Peut-être parce qu'il faisait noir, peut-être parce qu'il était inquiet à cause de ce que je venais de lui raconter.

Ou peut-être…

Soudain, il m'a embrassée.

Comme ça, devant ma voiture, devant tout le monde.

Après, il m'a regardée dans les yeux.

– Je suis désolé, je n'ai pas pu m'en empêcher…

Il n'a même pas pu finir sa phrase que, cette fois, c'est moi qui l'ai embrassé.

Au diable mes principes !

Chapitre 16

EN ENTRANT DANS mon auto, j'avais l'impression de flotter sur un petit nuage. Est-ce que c'était vraiment arrivé ? Il m'avait réellement embrassée ? Un sourire naïf étirait mes lèvres malgré moi et mon cœur battait à toute allure.

Moi qui m'étais juré de ne pas me laisser avoir de sitôt.

Je n'avais pas trop conscience de rouler : perdue dans mes pensées, je conduisais de façon machinale. Je n'arrivais pas à m'enlever ce baiser de la tête. Évidemment, il était beaucoup trop tôt pour que je me fasse des scénarios. Je n'avais aucune idée de ce que ça voulait dire. J'étais beaucoup trop troublée, lorsque Felix et moi nous étions séparés, pour demander des explications ; j'avais préféré partir sans rien dire.

Ce n'est que quelques minutes plus tard que j'ai réalisé que j'étais revenue dans ma rue. Comme d'habitude, j'ai baissé la musique après m'être garée. J'ai fermé les lumières, coupé le moteur, puis enlevé la clé du contact, sans toutefois amorcer de mouvement pour sortir de la voiture.

Je ne sais pas trop combien de temps je suis restée assise dans mon auto, en fait. Je n'avais pas envie d'entrer dans la maison, pour plusieurs raisons, la première étant ma mère. Il était 22 h 15, j'étais en retard de plus de deux heures et je me doutais qu'elle m'attendait de pied ferme, prête à avoir une discussion sur mes différentes obligations : tenir mes engagements, respecter mes parents et toujours leur dire où j'étais… Blablabla. Je n'étais pas vraiment fatiguée, mais j'avais prévu de donner cette excuse à ma mère si elle voulait avoir cette conversation. Pas ce soir. Je désirais rester avec les souvenirs de cette soirée.

J'ai fini par sortir de ma voiture à contrecœur. J'ai refermé la portière en veillant à ne pas trop faire de bruit, puis j'ai parcouru les quelques mètres qui me séparaient de la porte d'entrée.

J'ai inséré ma clé dans la serrure et l'ai doucement tournée vers la droite. Je faisais beaucoup d'efforts pour être le plus silencieuse possible, mais j'ai vite réalisé qu'une grande partie du rez-de-chaussée était plongée dans l'obscurité. J'ai tendu l'oreille : rien.

Mes parents étaient probablement déjà couchés et n'avaient laissé que la lumière de la cuisine allumée. Comme celle-ci était située au fond de la maison et qu'on y accédait par le long corridor qui partait de l'entrée, une faible lueur me permettait de voir devant moi.

J'ai soupiré de soulagement. Pas de discussion avec ma mère ce soir.

Après avoir enlevé mes bottes et mon manteau, je suis allée à la cuisine pour me prendre quelque chose à manger.

J'ai déposé mon sac sur la table et j'ai ouvert le réfrigérateur pour regarder ce qu'il y avait. Mes yeux ont parcouru les trois étagères avant de se poser sur une boîte en plastique transparent qui contenait des restes de pizza. Ça ferait l'affaire.

Assise à la table de la cuisine, j'ai mangé un morceau de pizza froide en regardant dans le vide. C'était terriblement mauvais et j'aurais pu mettre ma main au feu que cette pizza n'était plus très fraîche.

Tout était silencieux et même un peu angoissant. Je n'entendais que le son du réfrigérateur et celui de mes dents qui mastiquaient l'infâme pizza.

Je ne sais pas trop à quoi je m'attendais, en fait. Un signe qu'il y avait quelque chose, quelqu'un dans ma maison ?

J'ai décidé de rester à la table de la cuisine afin de lire un texte pour l'école. J'aurais pu le faire dans ma chambre, mais comme cette pièce était au cœur de la maison, je me suis dit que c'était le meilleur endroit pour observer d'éventuels phénomènes paranormaux.

Évidemment, rien n'est arrivé. Je suis allée me coucher un peu avant 1 h du matin, rassurée. J'essayais fortement de me convaincre que l'esprit avec lequel j'avais parlé ne me voulait pas de mal, juste me faire une petite frayeur, et qu'il ne reviendrait pas.

En me mettant au lit, je me suis rappelé que le jeu de Ouija était toujours caché près de moi, entre mon lit et le mur. Je me suis relevée d'un bond. Sans même allumer la lumière, je l'ai sorti de sa cachette et je l'ai lancé au fond de ma penderie. Dès que j'aurais une minute, je brûlerais ce maudit jeu.

Chapitre 17

LE LENDEMAIN MATIN, je me suis levée le sourire aux lèvres. La fin de la soirée de la veille m'avait rassurée quant au fait qu'il n'y avait pas de mauvais esprits chez moi. Une fois le jeu brûlé, toute cette histoire serait derrière moi.

Je n'arrêtais pas de penser à Felix. Il était trop tôt pour en dire quoi que ce soit, mais je l'appréciais et j'avais hâte de voir ce qui allait se passer. Ce matin-là, il faisait soleil. Je ne m'étais pas sentie aussi bien depuis longtemps. Moi qui avais perdu toute motivation pour l'école après le décès de Francine, j'avais envie d'y retourner juste pour voir Felix.

Je m'étirais, comme je le fais chaque matin avant de sortir du lit, quand j'ai senti mon téléphone vibrer. En souriant, j'ai tout de suite deviné que c'était Felix.

«*Salut! J'ai hâte de voir tes beaux yeux à l'école xx*»

«Tes beaux yeux…» Bon, je les avais toujours trouvés très ordinaires, mais si lui les trouvait beaux… j'allais à mon tour les aimer!

Mon regard s'est posé sur le jeu de Ouija, au fond de ma penderie. Je me suis aussitôt levée et je l'ai rapidement mis dans un grand sac poubelle noir, que ma mère m'avait donné pour que je fasse le ménage de mes tiroirs et de mes étagères. Si je ne le voyais pas, rien ne pourrait ternir ma bonne humeur.

Ce n'était pas du tout dans mes habitudes, mais j'ai passé un peu plus de temps à non seulement choisir mes vêtements, mais également à me maquiller et à me coiffer. Une fois prête, je me suis souri dans le miroir.

En descendant, j'ai cru entendre des bruits plus forts que d'habitude. Évidemment, c'était mon père. Il allait rester en convalescence pendant plusieurs semaines encore et je n'étais pas habituée à ce qu'il y ait quelqu'un dans la maison avec moi les matins de semaine. La plupart du temps, à l'heure où je partais pour l'école, mes parents étaient déjà au travail.

Cependant, ce matin-là, plus je m'approchais de la cuisine, plus les sons m'inquiétaient.

– Papa ? Ça va ?

Quand je suis entrée dans la cuisine, j'ai vu mon père debout, derrière l'îlot, en train de rager parce qu'il ne parvenait pas à ouvrir un sac de pain.

– PAPA ! Tu fais quoi ?! T'es pas censé être debout ! Allez, viens t'asseoir…

Je me suis précipitée vers lui. Les médecins avaient été très clairs : il devait rester assis ou couché le plus souvent possible, et surtout ne mettre aucun poids sur sa jambe.

Deux conditions qu'il ne respectait pas en ce moment.

Arrivée à sa hauteur, j'ai mis ma main sur son bras et j'ai tenté de l'orienter lentement vers la chaise la plus proche.

– Diantre, Elisabeth, FICHE-MOI LA PAIX ! a hurlé mon père, tout en dégageant son bras de mon emprise.

J'ai sursauté.

Elisabeth ?

Personne ne m'appelait comme ça. Même si, selon mon certificat de naissance, Elisabeth était mon prénom officiel, j'avais toujours trouvé qu'il sonnait trop adulte. Elsie était mon surnom depuis aussi longtemps que je me souvienne. Même mes professeurs ignoraient mon vrai prénom.

Pourquoi mon père, soudain, m'appelait-il Elisabeth et utilisait-il d'aussi vieilles expressions ?

Pourquoi avait-il l'air aussi furieux ? Il était sans doute fâché de ne plus avoir toute sa mobilité et de se retrouver en congé forcé, mais, là, il semblait réellement hors de lui. Ça ne lui ressemblait pas du tout.

– Je me démène comme un diable dans de l'eau bénite ! Pourquoi ? POUR RIEN ! Tout le monde s'en fiche ici !

Quoi ? Mais c'était quoi, cette expression ? J'étais certaine de ne l'avoir jamais entendue de toute ma vie. Mais, encore pire, je n'avais jamais entendu mon père crier. Jamais. Surtout pas pour des choses aussi futiles que la nourriture. Il semblait dans un autre monde, carrément.

Au même moment, il a pris une des casseroles accrochées au mur et l'a fracassée sur le comptoir de toutes ses forces en hurlant.

J'ai rapidement reculé vers le mur, au fond de la pièce, les yeux écarquillés de frayeur. Non seulement je n'avais jamais vu mon père dans un tel état… mais je n'avais même jamais vu personne comme cela. Il était en pyjama, trempé de sueur à force de lancer tout ce qu'il pouvait trouver. Il hurlait des choses incompréhensibles, totalement hystérique. Les larmes coulaient sur mes joues.

Puis, tout à coup, mon père s'est effondré par terre. Il a crié, mais un cri de douleur plutôt que de haine. Lentement, je me suis approchée de lui, contournant la table de la cuisine. Mon cœur battait à tout rompre et je n'avais aucune idée de l'état dans lequel j'allais le trouver. Je n'avais qu'à faire quelques pas vers la droite pour être en mesure de le voir. Dans sa chute, il était tombé derrière le comptoir. J'ai étiré la tête devant moi pour apercevoir mon père en larmes, couché par terre.

– Papa ?...

– Elsie... qu'est-ce qui s'est passé ? Pourquoi je suis couché par terre ?

– Tu... tu es tombé, je crois. En voulant faire ton petit-déjeuner.

A priori, c'était ça. Mais il ne semblait pas avoir de souvenirs de sa crise de folie. J'hésitais à m'approcher, craignant qu'il ne recommence, mais la vue de mon père qui souffrait sur le sol m'a fait perdre toute prudence.

Je me suis penchée vers lui et lui ai offert mon bras pour qu'il puisse se relever en s'appuyant sur moi. Sans se poser de question, il s'y est accroché. Je me suis sentie fléchir sous son poids, mais je faisais tous les efforts du monde pour ne pas le laisser tomber. Une fois qu'il a été relevé, je l'ai doucement guidé vers la table.

– Allez, assois-toi ici, papa, ça va aller, lui ai-je dit en l'installant sur la chaise la plus proche.

Avec une grimace, il s'est laissé faire.

– Ouf ! Alors, laisse-moi te dire que ce matin, ce n'est pas facile ! Les pertes de mémoire à mon âge, c'est possible, tu penses ? a-t-il lancé en souriant.

Un sourire un peu trop désinvolte à mon goût. Il ne semblait avoir AUCUN souvenir de ce qui venait de se passer. Ni avant ni pendant.

– T'es… t'es certain que ça va, papa ? lui ai-je demandé prudemment.

– À part que je suis tombé par terre sans m'en rendre compte, oui.

– OK. Tu veux que je t'apporte de la glace ?

Mon regard s'était tourné vers sa jambe. Elle était complètement plâtrée. Il semblait ne pas y avoir de dégâts visibles, mais j'avais peur qu'il n'y ait quelque chose de plus grave.

– Non, ça va. Tu peux m'apporter mes béquilles par contre ? Je vais en avoir besoin si je veux me déplacer.

Mon père s'est mis à regarder partout dans la pièce, étonné.

– Mais… elles sont où, mes béquilles ?

Oui, en effet, où étaient-elles ? Je me suis avancée afin de regarder si elles n'étaient pas derrière l'îlot, là où j'avais trouvé mon père, mais non.

Elles n'étaient nulle part dans la cuisine.

J'ai laissé mon père assis sur sa chaise, et je me suis mise à regarder partout pour trouver ses béquilles. Logiquement, s'il était dans la cuisine, elles auraient dû y être aussi. Non seulement il n'avait pas le droit de mettre du poids sur sa jambe plâtrée, mais, même s'il avait voulu le faire, il n'y serait pas arrivé. Il prenait de nombreux antidouleurs chaque jour et, selon ses dires, c'était sa jambe qui le faisait le plus souffrir. Impossible, donc, qu'il se soit déplacé sans ses béquilles.

Prise d'une idée soudaine, j'ai monté l'escalier. En arrivant en haut, au lieu d'aller tout droit pour me rendre à ma chambre, j'ai tourné vers la gauche, là où se trouvait la chambre de mes parents.

Comme d'habitude, leur porte était fermée, mais ça ne m'a pas arrêtée. Sans hésiter, je l'ai ouverte. Je n'ai eu besoin que d'un coup d'œil pour remarquer les béquilles, appuyées contre la table de nuit.

C'était impossible. Mon père n'aurait pas pu se lever, sortir de sa chambre et descendre l'escalier pour finalement se rendre à la cuisine sans ses béquilles.

Je les ai prises et je suis redescendue. Je me suis engagée dans le couloir en direction de la cuisine. La maison était plongée dans le silence. On n'entendait que les respirations bruyantes de mon père.

C'est là que j'ai pris peur. Je devais quitter la maison. Tout de suite.

– Bon, je vais être en retard à l'école. Tiens, je mets tes béquilles ici, d'accord ? lui ai-je dit en les laissant le plus près possible de lui.

J'ai rapidement ramassé mon sac et marché vers l'entrée. J'ai attrapé mon manteau, mes clés, enfilé mes bottes, puis je suis partie.

Mais qu'est-ce qui arrivait à mon père ?…

Son comportement agressif me faisait peur, mais je trouvais encore plus effrayants les mots et les expressions bizarres qu'il avait utilisés et le fait qu'il m'ait appelée par mon vrai prénom. Le pire, je pense, c'est qu'il semblait ne se souvenir de rien.

J'ai dû m'arrêter sur le bas-côté pour reprendre mes esprits. Je ne prêtais plus du tout attention à la route et j'avais peur de causer un accident. Au même moment, une voiture m'a dépassée à toute allure, évitant de peu un accrochage.

J'ai alors eu un flash.

Et si…

Et si ce n'était pas à moi que l'esprit voulait du mal, mais à mon père ?

Et si mon père agissait ainsi parce qu'il était possédé d'une façon ou d'une autre ?

Peut-être que j'aurais dû faire plus de recherches avant de tenter la séance de Ouija. Ma foutue impulsivité m'avait joué un mauvais tour, encore une fois. Je ne connaissais pas grand-chose à l'occulte, du moins pas autant que Francine. C'est peut-être pour ça qu'elle s'était toujours montrée très vague sur la façon de communiquer avec les morts. Elle savait probablement quelles conséquences cela pouvait avoir.

Je pensais que j'étais prête, qu'avoir fait des recherches sur la manière d'utiliser le Ouija était suffisant, mais j'aurais dû lire davantage sur ce que cela pouvait entraîner. Là, j'étais perdue et je me sentais très, très seule.

La tête dans les mains, appuyée sur mon volant, je tremblais de rage. J'ignorais totalement comment m'en sortir. J'avais de plus en plus peur que toute cette histoire menace ma vie et celle de mes proches. Surtout celle de mon père.

Oh, mon Dieu ! Cette seule pensée était terrifiante.

J'ai fait redémarrer la voiture et repris la route. Je ne savais pas si ma théorie avait du sens, mais je devais absolument en parler avec Felix. Il était déjà au courant de l'histoire. J'aurais préféré éviter de l'impliquer là-dedans, mais il était sans doute déjà trop tard.

En arrivant à l'école, j'ai à peine pris le temps de garer ma voiture avant d'en sortir. Je ne me souviens même plus si j'ai verrouillé les portières. Tout ce que je voulais, c'était aller parler à Felix. Pour m'assurer qu'il serait au rendez-vous, je lui ai envoyé un petit message.

« *Rejoins-moi à mon casier stp. Urgent.* »

À peine quelques secondes plus tard, il m'a répondu.

« *J'y suis déjà.* »

Oh. J'avais oublié que son casier était juste à côté du mien.

J'ai encore pressé le pas. Je ne savais pas du tout si ma théorie se tenait, mais comme je savais depuis la veille que Felix était aussi très ouvert au paranormal, il allait peut-être pouvoir m'aider à y voir plus clair.

J'ai traversé l'école entière à toute vitesse, arrivant à mon casier en moins de deux minutes. Felix était là, nonchalant, en train de regarder un truc sur son téléphone. Il était adossé à son propre casier, une jambe remontée. En me voyant, il m'a souri. Mais, rapidement, quand il a remarqué mon air grave, son sourire s'est effacé. Je ne sais pas si c'était mon maquillage défait ou bien mes cheveux en bataille qui ont trahi mon état d'esprit, mais il s'est tout de suite redressé et approché de moi.

– Qu'est-ce qu'il y a ? Ça va ? T'as eu un accident ?

– Non, pas d'accident, ne t'inquiète pas pour ça…

– Mais qu'est-ce qui se passe ?

– Il faut que je te raconte, mais tu risques de ne pas me croire.

– Tu sais, Elsie, depuis hier, je ne m'étonne plus de rien.

Je lui ai raconté tout ce qui s'était passé le matin : mon père, hors de lui, se fâchant avec un sac de pain qu'il n'arrivait pas à ouvrir; utilisant de vieilles expressions que je n'avais jamais entendues, ni dans sa bouche ni ailleurs; m'appelant par mon vrai prénom; faisant voler des casseroles; ne se souvenant soudain de rien. Je lui ai surtout décrit comment, moi, je m'étais sentie pendant ce temps.

Felix m'a écoutée sans m'interrompre, l'air plus sérieux que jamais. Quand j'ai eu terminé mon histoire, un sourire s'est dessiné sur ses lèvres.

– Elisabeth? Vraiment?

– Arrête, Felix, ce n'est pas ça la question!

Après tout ce que je venais de lui dire, c'était la seule chose qu'il avait retenue? Sérieusement?

– Attends, attends, respire. Tu sais que ton père doit être très nerveux à cause de son accident, hein? Un homme occupé comme lui se retrouve blessé, enfermé dans la maison pendant plusieurs semaines, obligé de dépendre de sa femme et de sa fille, qui ont elles aussi des engagements et des occupations. Ça rendrait fou n'importe qui!

– Non, mais, Felix, tu ne comprends pas… C'est impossible que ce soit simplement un accident qui le change à ce point-là… Mon père n'a jamais levé le ton. Jamais. Ni avec ma mère ni avec moi. Avec personne. Je te jure, il était réellement terrifiant…

– OK… Tu connais ton père bien mieux que moi, tu dois le savoir…

– Oui, justement, je connais bien mon père. Et ce n'est pas normal. Pas du tout.

J'ai pris une grande inspiration. Ça y était, j'allais lui dire ce que j'avais pensé, quitte à passer pour une folle.

– Je crois que mon père n'est pas lui-même… parce que ce n'est pas lui.

J'avais lâché ça d'un trait, sans respirer. Felix me fixait d'un regard vide. Quand il a ouvert la bouche pour me répondre, j'ai vu dans ses yeux qu'il avait compris.

– Tu penses que… que Franklin aurait pris possession de ton père ?

Bon, il ne me trouvait pas folle.

– Je ne sais pas. Je n'y connais rien, je ne sais pas ce qui est normal ou pas, mais tout ce que je peux te dire, c'est que jamais mon père n'agit comme ça dans des circonstances normales. J'ai pensé à cette théorie dans la voiture, en venant à l'école… Au départ, je pensais que c'était complètement stupide, mais plus j'y pense, et plus ça a du sens. Sauf que je n'ai aucune idée de la façon dont ça a pu arriver. Comment est-ce qu'un esprit peut prendre possession de quelqu'un ? Est-ce que c'est vraiment le cas ?

– Je ne suis pas un expert en possession, mais… il ne serait pas censé parler en latin et avoir les yeux qui se retournent dans ses orbites ?

– Je ne sais pas, Felix, je n'en sais rien. Je n'ai pas assez de connaissances dans le domaine pour affirmer quoi que ce soit, mais tout ce que je peux te dire, c'est que j'ai peur. Je ne sais pas comment régler tout ça, OK ? Je panique et je ne comprends pas pourquoi tout ça m'arrive à moi !

– Ne t'inquiète pas, Elsie, on va trouver une solution. Je ne sais pas quoi. Ni comment. Mais, promis, tu vas t'en sortir.

Ça, je l'ignorais. Mais je me sentais un peu mieux de savoir que je n'étais pas totalement seule. Avec Felix et Louise, j'allais sans doute pouvoir trouver une solution.

Pas vrai ?

Chapitre 18

JE N'AI PAS fermé l'œil la nuit qui a suivi l'incident de la cuisine. J'étais terrorisée d'être dans la même maison que mon père. Avec ce qu'il avait fait la veille, j'avais peur qu'il ne finisse par se blesser réellement ou, pire encore, qu'il ne s'attaque à ma mère ou à moi. Après tout, c'est souvent ce qui arrive dans les films, non ?

Aussitôt après ma discussion avec Felix, j'avais appelé Louise. Très inquiète, elle m'avait demandé de faire bien attention, parce que si ma théorie était vraie… nous ne savions pas ce qui pouvait se produire. Les cas de possession sont plutôt rares, mais existent tout de même… Et les conséquences en sont souvent désastreuses. Avant de raccrocher, Louise m'avait dit qu'elle allait fouiller dans les livres de Francine pour tenter de trouver des explications. Elle m'avait demandé de faire la même chose.

C'est donc ce que j'avais fait : j'avais cherché des réponses toute la nuit. À force de fouiller différents sites Internet, j'avais appris qu'il existe plusieurs types d'esprits : les poltergeists, les spectres, les revenants… Si la plupart d'entre eux sont inoffensifs, d'autres sont très méchants et ne veulent que le mal.

Il y a de nombreuses théories expliquant pourquoi l'esprit d'une personne resterait sur terre. Cela peut résulter d'un refus d'accepter sa mort si celle-ci a été soudaine ou d'un sentiment de culpabilité à l'égard de son entourage. Il arrive aussi que ce soit à cause d'un proche qui, n'acceptant pas son décès n'arrive pas à la laisser partir. Quand quelqu'un meurt de manière subite dans la peur, la colère ou le stress, son esprit devient habituellement un fantôme.

C'est au petit matin que je suis tombée sur quelque chose qui a retenu mon attention : la théorie des centres d'énergie. Pour qu'un esprit ait une certaine puissance sur terre, il doit y avoir quelque chose qui le retient dans ce monde. Cela peut varier selon son histoire. Les fantômes s'accrochent d'ordinaire à un endroit ou à quelque chose de physique : c'est de cette manière que leur énergie peut rester parmi les vivants. Détruire le centre d'énergie d'un fantôme plus récalcitrant à partir permet en général de s'en débarrasser.

C'est là que ça m'a frappée : la photo de Nancy. Louise m'avait précisé que Franklin s'était suicidé avec la photo de sa femme dans ses mains.

Le cadre que j'avais trouvé au grenier. C'est moi qui avais tiré Franklin de son sommeil en laissant tomber le cadre de sa femme. J'en avais fissuré la vitre, ce qui avait eu pour effet de libérer l'esprit de Franklin.

En tenant ma tête dans mes mains, j'essayais d'assimiler les informations des dernières minutes. Maintenant… il ne me restait plus qu'à découvrir quel était le nouveau centre d'énergie de Franklin. J'avais une terrible migraine à cause de mon manque de sommeil, mais mon cerveau travaillait à cent milles à l'heure. À quoi Franklin pouvait-il bien s'accrocher pour rester à tout prix sur terre ? Il devait bien y avoir quelque chose à quoi il tenait !

Tout à coup, j'ai eu une illumination.

Et si le centre d'énergie de Franklin était mon père ? Ça aurait du sens ! Il n'avait pas simplement possédé mon père ; il s'était emparé de son corps afin de reprendre une place sur terre.

En tremblant, j'ai attrapé mon téléphone. Je m'apprêtais à composer le numéro de Louise quand son nom est apparu sur l'écran.

– Louise ?

– Bonjour, Elsie. Tu dormais ?

– Non, je n'ai pas dormi de la nuit… J'allais justement t'appeler à l'instant. Faut qu'on parle.

– Je sais. Moi aussi, j'ai trouvé des choses qui pourraient nous être utiles.

J'ai senti mon cœur battre plus vite dans ma poitrine.

– Je peux venir chez toi bientôt ?

– Tu peux venir quand tu veux… Mais tu n'as pas école aujourd'hui ? m'a-t-elle demandé avec curiosité.

J'avais effectivement école, mais ça allait attendre.

– Oui, mais il y a beaucoup plus important. C'est à propos de mon père. J'arrive bientôt, OK ?

– Je t'attends, m'a dit Louise avant de raccrocher.

J'ai immédiatement appelé Felix. Au bout de trois interminables sonneries, il a enfin répondu, la voix enrouée :

– Allô ?

Il avait l'air tout endormi, contrairement à Louise. J'ai regardé l'heure : 6 h 57.

– Oh, désolée, je t'ai réveillé ?

– Oui, mais ce n'est pas grave. Ça va ?

Sa voix semblait inquiète.

Les larmes me sont montées aux yeux.

– Je pense que j'ai compris, Felix. Ce qui se passe chez moi. Tu peux venir me rejoindre chez Louise ?

– Maintenant ?

– Oui, maintenant. C'est vraiment important.

– J'arrive. Fais attention à toi, OK ?

Le plus discrètement que j'ai pu, j'ai descendu l'escalier, évitant de faire craquer les marches pour ne pas attirer l'attention de mes parents. À 7 h 11 du matin, ça m'aurait étonnée de les croiser, mais je ne voulais pas prendre de risques.

Tôt ou tard, j'allais devoir leur dire la vérité. Je ne savais juste pas du tout comment faire.

Arrivée en bas de l'escalier, j'ai jeté un coup d'œil derrière moi, là où se trouvaient la cuisine et la salle à manger. Ça semblait très silencieux. Ne voulant pas perdre de temps à mettre mes chaussures, je les ai prises dans mes mains et j'ai ouvert la porte d'entrée le plus doucement possible.

– On est matinale, mademoiselle, ai-je alors entendu.

Merde. Mon père était déjà debout.

Je me suis tournée vers ma gauche, d'où la voix venait. Du salon.

Mon père se tenait dans le cadre de la porte, appuyé sur sa canne. Il avait les traits tirés, ce qui lui donnait l'air d'avoir vingt ans de plus. Mon père avait toujours eu une belle apparence ; il en était fier. Là, j'avais du mal à le reconnaître.

– Mmm, oui. J'ai un énorme travail à remettre et je vais travailler chez une amie avant d'aller à l'école, lui ai-je dit sans le regarder dans les yeux, voulant mettre un terme à la conversation aussi vite que possible.

– Passe une excellente journée alors, Elisabeth, m'a répondu mon père.

Je suis rapidement sortie de la maison, mes chaussures toujours dans mes mains. En entrant dans ma voiture, j'ai remarqué que mon père n'était pas retourné au salon. Il me regardait toujours, par la fenêtre, sans rien dire. Juste un sourire sur son visage. Sauf que, son sourire, je n'arrivais pas à le reconnaître. Au lieu de son grand sourire habituel, sincère et naturel, il avait plutôt un rictus méprisant, comme s'il était en train de rire de moi. En frissonnant, je me suis dépêchée de mettre la clé dans le contact et de faire démarrer le moteur. J'ai garé ma voiture dans la rue adjacente, et j'ai marché jusqu'à chez Louise. En passant par la ruelle, je savais que j'allais passer inaperçue. Du moins aux yeux de mon père.

Chapitre 19

AVEC VIGUEUR, j'ai frappé à la porte arrière de la maison de Francine.

TOC TOC TOC.

Quelques secondes plus tard à peine, la porte s'est entrebâillée.

– Elsie ? C'est toi ?

– Oui, Louise. Je suis avec un ami. Est-ce qu'on peut entrer ?

La porte s'est ouverte entièrement. D'un signe de la main, Louise nous a signifié d'entrer.

– Louise, je te présente Felix. Je viens juste de le croiser.

– Bonjour, Felix. Entrez, entrez, ne restez pas là.

Louise avait des cernes incroyables sous les yeux, comme si elle avait passé la nuit debout. C'était probablement le cas.

– Vous allez bien, tous les deux ? nous a-t-elle demandé, un peu inquiète.

J'ai regardé Felix du coin de l'œil avant de répondre :

– Je pense que j'ai compris, Louise. J'ai compris ce qui arrive à mon père, lui ai-je dit en me rendant au salon.

Felix et elle m'ont aussitôt emboîté le pas et se sont assis chacun dans un fauteuil.

Confortablement installée dans le salon, je leur ai résumé ce que j'avais lu pendant la nuit. Sans un mot, ils m'ont tous les deux écoutée.

J'ai poussé un énorme soupir, puis j'ai ajouté :

– Donc, dans le cas de Franklin, comme il est mort dans des circonstances atroces, il est devenu un fantôme assez malveillant.

– Oui, parce qu'en général, une personne qui décède paisiblement ne devient pas un fantôme, a précisé Louise.

– Exact. Maintenant, il faut savoir qu'un fantôme, même hostile, peut rester dormant pendant des années. Il faut un évènement perturbateur pour qu'il sorte de son sommeil.

J'avais de la difficulté à parler ; ma voix se cassait.

– Toi et Olivia avez utilisé un jeu de Ouija. Comme je te l'ai dit, lorsque tu appelles un esprit, ils peuvent tous t'entendre, ce qui a probablement été le cas avec Franklin, a expliqué Louise en hochant la tête, me montrant que mes recherches n'avaient pas été vaines et que ce que je disais avait du sens.

– C'est ça. Cependant, je ne pense pas que ce soit ça qui a fait sortir Franklin de son sommeil. Enfin, disons que ça n'a pas aidé, mais...

– Qu'est-ce que tu veux dire ? m'a demandé Louise.

– Quelques jours avant d'utiliser le Ouija, je cherchais de l'encens et je suis montée au grenier... En fait, je ne sais pas pourquoi j'y suis allée. Je me suis juste sentie attirée par cet endroit. Bref, en fouinant au grenier, je suis tombée sur les affaires des anciens occupants de la maison, dont une boîte remplie de cadres. J'ai fait tomber celui de Nancy.

– Le cadre que Franklin avait dans ses mains en se suicidant..., a soufflé Louise en mettant une main sur son cœur.

– Exactement. En tombant, la vitre du cadre s'est brisée. Enfin, fissurée. Mais j'ai l'impression que c'est ça qui a libéré l'esprit de Franklin. La séance de Ouija lui a juste donné plus de puissance et de haine, vu qu'il avait été libéré.

Même pour moi, c'était difficile de m'écouter parler. Cette conversation sonnait comme un mauvais film d'horreur des années 1980. Nous étions dans la maison d'une femme morte, en train de discuter de fantômes et d'esprits pour savoir comment se débarrasser d'une entité maléfique qui avait pris possession de mon père.

En mettant ma tête dans mes mains, je me suis appuyée au dossier du fauteuil, songeuse. Je n'avais pas encore terminé… Mais je n'arrivais pas à dire la suite. Comme si le fait d'en parler à voix haute rendait la chose encore plus réelle.

J'ai pris une énorme respiration.

– Pour rester sur terre, un esprit doit obligatoirement s'accrocher à quelque chose. Ça s'appelle un centre d'énergie, ça peut être n'importe quoi, tant que c'est dans notre monde.

Louise et Felix me regardaient, curieux de savoir où je voulais en venir.

– Et je pense que mon père est le centre d'énergie de Franklin.

Louise m'a regardée en secouant la tête.

– Pourquoi penses-tu qu'il aurait choisi ton père ? En général, les esprits se logent plutôt dans des objets physiques… Tu m'as dit que le grenier était encore rempli de leurs affaires. Il y a probablement quelque chose d'autre là-haut.

– Parce que j'ai lu que, souvent, les entités choisissent de s'attaquer aux personnes les plus faibles… Comme mon père après son accident de voiture. Peut-être que cet accident n'était qu'une coïncidence et qu'il n'est pas du tout lié à la séance de Ouija… Mais comme mon père était faible et déprimé à la suite de son accident, Franklin aurait pu vouloir prendre possession de lui.

Felix m'a lancé un regard sceptique.

– Mais pourquoi aurait-il voulu prendre possession de ton père ? C'est quoi, son but ?

– Je ne sais pas. Peut-être parce qu'il est lui aussi un père de famille ?

Louise a pris la parole :

– Je ne crois pas que ce soit important de chercher aussi loin. Certaines entités ne veulent que du mal aux autres, sans aucune raison. Dans notre cas, il faut simplement trouver comment se débarrasser de lui.

C'est là que j'ai réalisé l'ampleur du problème.

– Mais, Louise… comment on peut détruire son centre d'énergie si c'est mon père ?

Louise a levé les yeux vers moi. Son regard était vide.

Nous n'allions pas devoir tuer mon père, quand même ?…

Chapitre 20

FELIX ET MOI avons quitté Louise juste avant la tombée de la nuit. Il a absolument tenu à me raccompagner chez moi, mais j'ai refusé qu'il entre. Je n'avais pas envie de le présenter à ma mère, surtout pas à mon père, et je ne voulais qu'une chose : me retrouver seule, tranquille, en silence.

En entrant dans ma chambre, j'ai tout de suite verrouillé la porte. Je ne m'y étais jamais sentie en sécurité, et c'était encore pire maintenant, mais le fait de fermer à clé me rassurait un peu.

J'ai enlevé mes vêtements et je me suis mise en pyjama. Comme d'habitude, j'avais ramassé le premier que j'avais trouvé par terre. Après avoir enfilé des chaussettes, je me suis installée à mon bureau. J'y ai posé mon ordi, mais, pour une fois, je ne l'ai pas allumé. J'avais besoin d'un moment de pause. Juste… un moment où je pourrais me faire croire que tout était comme avant, que j'étais une ado de dix-sept ans normale.

Mais, en fait, qu'est-ce que j'aurais fait avant ? J'aurais probablement été avec mes amies, ou en train d'étudier. Là, je n'avais pas envie de faire cela. Je n'avais pas non plus envie de regarder un film ou une série. J'étais juste assise à mon bureau en train de me mordre les lèvres, comme je le fais toujours quand je suis nerveuse.

Il fallait que je mette du baume pour empêcher mes lèvres de gonfler. Au moins, ça m'occuperait l'esprit. J'avais des bâtons de baume à lèvres un peu partout dans ma chambre, mais pas question de passer vingt minutes à chercher. J'ai préféré prendre un de ceux qui se trouvaient dans mon sac. Comme ce dernier traînait par terre, je me suis installée sur le tapis, à côté de mon lit, et je l'ai vidé sur le plancher. Ça allait me permettre de ranger un peu mes affaires. Je n'aimais pas particulièrement faire le ménage, mais ça me changerait les idées.

Lorsque tous les objets que contenait mon sac se sont retrouvés sur le sol, j'ai vu, entre un cahier d'école et une veste, *Le livre des esprits*.

Je n'osais même pas le prendre dans mes mains. Ce livre, ce foutu livre qui m'avait fait croire à un signe de Francine, qui m'avait convaincue d'acheter un jeu de Ouija pour lui parler une dernière fois.

Ce livre que je n'avais pas ouvert une seule fois depuis que je l'avais pris chez Francine.

À cet instant, j'ai senti une décharge électrique traverser tout mon corps. Sans que je le veuille, ma main droite s'est approchée du livre pour le prendre. Je me suis mise à le feuilleter rapidement, sans trop y penser. Je passais les pages les unes après les autres…

Jusqu'à ce que je n'arrive plus à les tourner.

Un morceau de papier, coincé au milieu du livre, m'empêchait de le faire. D'un seul mouvement, j'ai pris le papier et lancé le livre à l'autre bout de la chambre.

Je n'avais d'yeux que pour le bout de papier que j'avais trouvé. Il était plié plusieurs fois sur le sens de la largeur, ce qui lui donnait à peu près le même format qu'un signet, quoique beaucoup plus épais. Sans trop réfléchir, je l'ai déplié.

Ma très chère Elsie,

Si tu lis cette lettre, c'est que je ne suis plus là. Comment elle te sera parvenue est un mystère pour moi, mais j'espère qu'elle sera un jour dans tes mains.

Je ne suis plus toute jeune, tu sais. J'ai beaucoup vécu. J'ai eu une longue vie, remplie de bons comme de mauvais côtés.

Je ne me sens plus en forme depuis bien longtemps, chose que j'arrive de moins en moins à cacher. J'aurais aimé pouvoir te le dire autrement.

Le jour où je ne serai plus là, ne t'en fais pas : je serai partie rejoindre mon mari et je continuerai de veiller sur toi de là-haut. Même si tu ne sens pas ma présence, je serai toujours là.

Francine

En lisant la lettre, je me suis mise à pleurer.

Ma Francine.

Elle ne m'avait pas abandonnée. Elle le savait.

La lettre n'était pas datée : Francine avait pu l'écrire trois jours comme trois mois avant son décès. Pourquoi l'avait-elle mise dans ce livre si elle voulait réellement que je la lise ? Mes parents avaient fouillé sa maison de fond en comble pour trouver une lettre ou un testament, et jamais ils n'auraient pensé à regarder dans un livre. Il me semble que la mettre dans sa table de nuit aurait été plus logique…

En serrant la lettre contre mon cœur, je pleurais toujours.

Le fait que le livre était tombé était bel et bien un signe que Francine veillait sur moi. Elle voulait s'assurer que je pourrais lire sa lettre, qui était trop bien cachée.

Si seulement j'avais pensé à ouvrir le livre avant de faire la séance de Ouija ! J'aurais trouvé la lettre et ça m'aurait instantanément rassurée. Bien sûr, j'aurais quand même voulu lui parler une dernière fois...

Merde.

Comment j'avais pu me mettre dans un tel pétrin ?

Alors que je tenais toujours la lettre dans ma main, mon cerveau semblait se tordre dans tous les sens. J'avais de la difficulté à assimiler tout ce qui s'était passé les derniers jours.

Ma théorie avait du sens : en fissurant la vitre du cadre contenant la photo de sa femme Nancy, j'avais libéré l'esprit de Franklin de son sommeil. La séance de Ouija n'avait fait qu'aggraver les choses face à un fantôme déjà agressif. Sentant la faiblesse de mon père, Franklin avait pris possession de son corps, et celui-ci était maintenant son centre d'énergie. L'une des seules choses qui le reliaient encore à ce monde.

Mais comment détruire le centre d'énergie d'un fantôme quand il s'agissait d'une personne vivante ?

Je n'allais pas devoir tuer mon père, tout de même. Ça n'avait aucun sens.

En regardant la lettre de Francine, j'ai eu une idée.

Et si j'essayais à nouveau de la contacter pour avoir des réponses ?

Chapitre 21

En descendant l'escalier, j'essayais de faire le moins de bruit possible. Je savais que mon père dormait dans sa chambre, mais je ne voulais pas le voir. Il ne devait pas être au courant de mon plan. Ma mère, elle, était au travail.

Trois jours plus tôt, quand j'en étais venue à la conclusion que la seule chose logique à faire était d'appeler Francine à nouveau, j'étais allée chez Olivia pour lui expliquer ce qui se passait. De A à Z. Si je voulais maximiser mes chances de parler avec Francine, je devais reproduire, autant que possible, les conditions dans lesquelles la première séance de Ouija avait été faite.

Olivia était complètement paniquée. Un peu fâchée que je ne lui en aie pas parlé avant, mais surtout paniquée. Heureusement, elle n'avait jamais douté de moi. Aussi, elle avait tout de suite accepté de se joindre à Felix, à Louise et à moi. Entrer en contact avec Francine par l'intermédiaire du Ouija était notre seul espoir.

Et c'était aujourd'hui que nous allions réaliser ce plan.

Louise n'approuvait pas particulièrement mon idée, mais il était hors de question, pour elle, de me laisser faire cela seule avec Felix et Olivia. Je pense aussi qu'une partie d'elle espérait qu'on serait en mesure de communiquer avec Francine. Après tout, elle ne lui avait pas dit au revoir non plus.

Tout doucement, j'ai ouvert la porte d'entrée. Felix, Olivia et Louise attendaient de l'autre côté, le visage lugubre. Je les ai fait entrer et, sur la pointe des pieds, nous nous sommes rendus dans ma chambre. Aussitôt tout le monde à l'intérieur, j'ai fermé la porte.

– J'ai préparé des trucs à manger… si vous avez faim, leur ai-je dit en désignant mon bureau.

J'y avais posé deux bols de chips et un pichet de limonade. Même si je me doutais que personne n'aurait vraiment envie de manger.

– Bon, eh bien, vous êtes prêts ? leur ai-je lancé avec un semblant d'assurance.

Mes amis ont tous hoché la tête.

Nous avons répété les mêmes étapes que durant la première séance de Ouija, c'est-à-dire préparer l'encens, la sauge et l'ambiance de la pièce en général. Nous nous sommes ensuite installés tous les quatre en rond, le jeu de Ouija sur nos genoux.

À tour de rôle, nous avons répété la même prière qu'Olivia et moi avions faite quelque temps auparavant. Une fois cette étape terminée, j'ai pris une grande inspiration.

– Esprit, es-tu là ?

En à peine quelques secondes, le pointeur s'est tourné vers le « oui ». Nous nous sommes tous regardés.

– Francine, est-ce que c'est toi ? ai-je demandé.

Encore une fois, le pointeur a montré le « oui ». J'avais de la difficulté à contenir mon excitation. Louise l'a tout de suite remarqué.

– Attends, Elsie, nous ne pouvons pas être certains que c'est bien Francine.

– Comment peut-on en être certains ? l'ai-je interrogée.

– Pose-lui des questions dont elle seule connaît la réponse.

Je me suis mise à réfléchir. Qu'est-ce que seule Francine savait ?

J'ai eu un flash.

En remettant mes mains sur le pointeur, je me suis écriée :

– Francine, si c'est toi, prouve-le.

Nous attendions dans le silence que Francine nous donne une preuve de sa présence. Soudain, un bruit sourd nous a fait sursauter. C'était un des bols de chips qui était tombé par terre.

Notre collation préférée à Francine et à moi. En ouvrant grand les yeux, j'allais dire que c'était bien elle quand Louise, le souffle court, a murmuré :

– Francine adorait les chips… C'est elle.

Toute tremblante, j'ai redirigé le pointeur vers le milieu du jeu de Ouija. J'avais tellement de questions !

– Est-ce que c'est toi qui as tenté de m'empêcher de partir de l'école le jour où je devais recevoir le jeu de Ouija ?

De nouveau, la goutte a pointé le « oui ».

J'avais les larmes aux yeux. C'était Francine qui avait tout fait pour que je ne puisse pas prendre tout de suite ma voiture : elle souhaitait sans doute que je n'arrive pas chez moi à temps et que mes parents trouvent le colis. J'avais raison : elle veillait sur moi.

Si seulement j'avais pu discerner ces signes !

D'un raclement de gorge, Louise m'a fait comprendre que le temps pressait. J'ai repris mes esprits. Nous avions des questions importantes à poser à Francine.

– Francine, on a besoin de ton aide. Est-ce que mon père est le centre d'énergie de Franklin ?

Je retenais ma respiration. En fait, je crois que nous la retenions tous. Le pointeur s'est mis à bouger. Rapidement, il s'est déplacé vers le « non ».

Non ?

Ce n'était pas mon père ?

Mais c'était qui, alors ?

Complètement désespérée, je me suis écriée :

– Francine, s'il te plaît, dis-nous comment se débarrasser de lui !

Avant même que j'aie terminé ma phrase, le pointeur du Ouija s'est déplacé pour désigner les lettres « C », « A », « D », « R » et « E ».

– C'est le cadre ? C'est ça, Francine ? Le cadre de Nancy ?

Le morceau de bois a recommencé à bouger, composant cette fois le mot « MAISON ».

Cadre et maison.

J'ai levé les yeux vers Louise, qui me regardait elle aussi d'un air terrifié.

– C'est exactement ça ! Elsie, il te faudra détruire le cadre de Nancy et...

– Ma maison ? Faut que je détruise ma maison ?

Une partie de moi était soulagée de savoir que, finalement, je n'aurais pas besoin de tuer mon père. Mais l'autre partie était terrifiée à l'idée de devoir détruire ma maison. Devant moi, Felix et Olivia étaient tout aussi catastrophés.

– Il doit bien y avoir une autre solution…, a lancé Olivia à Louise.

En regardant Louise, j'ai compris. J'ai lâché le pointeur du Ouija et je me suis levée pour me rendre à ma table de nuit. Là, j'ai ouvert le tiroir et j'en ai sorti une boîte d'allumettes, celles que j'avais utilisées pour allumer l'encens et la sauge un instant auparavant.

J'ai pris quelques secondes pour réfléchir. Puis j'ai relevé la tête vers mes amis.

– Occupez-vous de faire sortir mon père, d'accord ? Je me charge du reste, leur ai-je dit avec un regard déterminé.

J'allais détruire le cadre de Nancy et mettre le feu à ma maison. Franklin disparaîtrait une bonne fois pour toutes.

– Attends, Elsie ! Il faut conclure la séance de Ouija ! s'est écriée Louise.

C'est vrai. Je n'allais pas faire la même erreur deux fois.

Au moment où je m'apprêtais à m'asseoir pour terminer la séance de Ouija, la porte de ma chambre, pourtant fermée à clé, s'est ouverte. Juste devant nous se tenait mon père, debout malgré sa jambe cassée. Avant même que nous n'ayons pu réagir, il s'est précipité vers moi et m'a tirée de toutes ses forces au milieu du couloir.

Chapitre 22

JE ME SUIS RETROUVÉE étendue de tout mon long sur le plancher du corridor. J'ai tout de suite essayé de me relever, mais mon père, qui était tombé avec moi, m'a attrapé la cheville. Malgré ses blessures, il tentait de se mettre debout, toujours en tenant ma jambe pour m'empêcher de bouger. J'ai vu Felix, Olivia et Louise sortir de ma chambre en courant, puis essayer de s'attaquer à mon père.

– SORTEZ D'ICI, NE RESTEZ PAS LÀ ! leur ai-je hurlé.

En rampant sur mes coudes, j'ai tenté de me diriger vers le grenier pour leur faire gagner du temps.

La main de mon père tenait ma cheville avec une telle force que je croyais qu'il allait la casser. J'avais beau me débattre de toutes mes forces et lui asséner des coups de pied, rien à faire, il ne me lâchait pas. Couché par terre, il tirait ma jambe vers lui, entraînant ainsi tout mon corps dans la direction opposée au grenier. Au moment où je commençais à perdre espoir, Felix est apparu de nulle part et a poussé mon père vers l'arrière. Sous le choc, celui-ci a lâché ma cheville.

– Cours, Elsie ! m'a crié Felix, tenant de toutes ses forces le corps de mon père, qui hurlait des choses incompréhensibles tout en se débattant.

Sans plus attendre, je me suis précipitée vers ma gauche, en direction de la porte donnant accès au grenier.

Mon poignet formait vraiment un drôle d'angle, ma cheville me faisait souffrir et je saignais du nez, mais je me suis aussitôt relevée pour courir jusqu'à la porte. Tenant mon poignet de l'autre main, je ne l'ai lâché que quelques secondes pour ouvrir le battant et grimper l'escalier.

Comme je n'avais pas mon téléphone, je cherchais un peu à l'aveuglette avec une seule main, essayant de me rappeler où le cadre était tombé.

J'ai senti une douleur fulgurante me traverser le pied : je venais de marcher sur des morceaux de verre, ceux de la vitre que j'avais moi-même cassée quelque temps auparavant.

C'est là que je l'ai vu : le cadre, juste sous mes yeux.

Tandis que je me penchais pour le prendre dans mes mains, j'ai entendu des pas dans les marches. J'ai alors compris que mon père s'était défait de l'emprise de Felix et qu'il était en train de monter l'escalier du grenier.

Il était terrifiant : ses vêtements étaient déchirés, ses yeux bleus, injectés de sang et son bras, dans un angle encore plus bizarre que mon poignet. Son plâtre à la jambe ne semblait pas le gêner, puisqu'il s'est élancé vers moi pour m'écraser sur le sol. Comme il était beaucoup plus lourd que moi, je n'ai pas pu l'esquiver.

J'ai évité de justesse de tomber sur mon poignet, mais j'ai senti mon épaule se fracasser. J'ai hurlé de douleur, me demandant comme j'allais faire pour continuer.

– Tu vas le lâcher, MAINTENANT !

La voix lugubre qui était sortie du corps de mon père n'était évidemment pas la sienne, mais celle de Franklin. Il me criait de lâcher le cadre, tout en essayant de me l'arracher. Dans ma chute, j'avais réussi à le cacher sous moi et je me débattais de toutes mes forces pour qu'il ne réussisse pas à me le prendre.

Je me suis tout à coup sentie beaucoup plus légère, avec un poids en moins sur moi : Felix était monté au grenier et s'était violemment jeté sur mon père pour le pousser sur le côté.

– Je ne sais pas combien de temps je vais pouvoir le retenir, alors DÉPÊCHE-TOI ! m'a-t-il hurlé, tenant mon père qui se démenait comme un fou dans ses bras.

Je suis allée à l'autre bout du grenier, le plus loin possible de mon père. Je cherchais autour de moi quelque chose de dur, n'importe quoi qui me permettrait de détruire le cadre.

Tandis que mon père se débattait de plus en plus fort, j'ai aperçu du coin de l'œil Felix qui se relevait. Il a pris mon père d'un seul bras et l'a tiré vers l'arrière, jusqu'à ce qu'ils soient tous les deux juste devant la porte du grenier. Mon père a tenté de le pousser en bas de l'escalier, mais Felix s'est bien accroché à lui, ce qui fait qu'ils sont tous les deux tombés vers l'arrière.

Je les ai entendus dégringoler les marches une par une, à toute vitesse, alors que mon père vociférait toujours. Je n'entendais plus Felix.

Mon cœur s'est arrêté de battre. Je n'avais qu'une envie : descendre du grenier pour m'assurer que Felix était toujours en vie. J'ai vite repris mes esprits.

Je ne savais pas combien de temps j'avais devant moi, si bien que je me suis remise à penser au cadre. Je ne me suis pas cassé la tête : j'ai lancé le cadre de Nancy par terre, pour bien casser la vitre, et je l'ai frappé avec tout ce qui me tombait sous la main. Des bibelots, un pied de chaise, n'importe quoi, tant que c'était assez dur pour le pulvériser. La vitre était tellement fracassée en mille morceaux qu'on aurait dit de la poussière. Plus je brisais le cadre, et plus je sentais une énergie différente dans la pièce. J'ai alors pris ce qu'il en restait dans mes mains, c'est-à-dire la photo, et j'ai commencé par la déchirer en deux. Mes mains étaient pleines de petites coupures à cause des bouts de verre, ce qui rendait la tâche difficile et beaucoup plus longue, mais j'étais concentrée sur ma tâche.

Alors que je déchirais la photo, j'ai senti quelque chose s'accrocher à mes chevilles pour me faire tomber par terre. Surprise, je n'ai pas été capable de me retenir à quoi que ce soit, si bien que ma tête a violemment frappé le sol. Sans trop savoir ce qui s'était passé, je me doutais bien que Franklin n'était pas très content de me voir briser l'une de ses dernières connexions avec le monde réel.

Je sentais l'air lourd, étouffant, et j'entendais mon père hurler et se débattre en bas de l'escalier. Ça faisait un vacarme atroce, et strictement aucun son ne me parvenait de la part de Felix.

Il fallait que je continue.

Sans m'arrêter, encore couchée par terre, j'ai continué de déchirer la photo jusqu'à ce qu'elle soit en morceaux tellement petits qu'il était impossible de savoir ce dont il s'agissait.

Subitement, tout m'a semblé plus léger.

C'était maintenant ou jamais.

J'ai pris la boîte d'allumettes dans ma poche. D'un simple mouvement, j'ai fait apparaître une flamme au bout de mes doigts. J'avais le pouvoir d'arrêter tout ça, à jamais. Je me sentais hypnotisée par la lueur de la flamme. Je savais ce qu'il me restait à faire pour nous libérer.

Sans la maison, sans un endroit physique, Franklin n'aurait plus rien qui le rattache à notre monde. Il ne suffisait pas de détruire le cadre de Nancy, mais bien de réduire en cendres tout ce qu'il avait connu.

En fait, j'ignorais totalement si mon plan allait fonctionner. Ça semblait peut-être facile en théorie, mais en pratique c'était une autre histoire. Je devais mettre le feu à ma maison, perdre tout ce que nous possédions et mettre mes parents à la rue.

Puis, sans réfléchir une seconde de plus, avant que la flamme s'éteigne, j'ai laissé tomber l'allumette dans une boîte pleine de vieux papiers. Je n'entendais plus les cris de mon père, ce qui me faisait espérer que Felix et lui étaient sortis de la maison.

En à peine quelques instants, le grenier s'est embrasé. Rapidement, les flammes se sont propagées d'un bout à l'autre de la pièce, et un mur de feu m'a encerclée. Paniquée, je me suis mise à tourner sur moi-même, essayant de trouver une issue.

L'air était de plus en plus suffocant et la fumée me brûlait les yeux, le nez, la bouche. Je me suis jetée sur le sol en enlevant mon t-shirt pour le mettre devant ma bouche, histoire de ne pas respirer directement la fumée.

Soudain, j'ai senti quelque chose me pousser l'épaule. J'ai relevé les yeux pour voir, juste devant moi, un espace complètement dégagé de feu.

Comme par magie, la seule fenêtre du grenier s'était ouverte. Comment ? Je n'aurais pas pu l'expliquer, puisqu'elle était toute petite et probablement condamnée depuis longtemps, mais elle était là, devant moi, ouverte.

Malgré la gravité de la situation, j'ai souri : je savais que c'était Francine qui me guidait. Je me suis empressée de ramper par terre, jusqu'à la fenêtre. Une fois là, j'ai jeté un dernier coup d'œil derrière moi. Avec la fenêtre ouverte et le courant d'air, le brasier s'intensifiait. Le plancher commençait à s'effondrer et je savais que, d'ici quelques heures tout au plus, ma maison ne serait plus qu'un tas de cendres. J'ai été tentée de faire demi-tour pour sauver quelques objets, mais, dans un dernier élan de courage, je me suis retournée vers la fenêtre. Je sentais la chaleur du feu partout sur moi. Avec l'air rempli de fumée, ça devenait insoutenable.

En regardant par la fenêtre, j'ai entendu quelqu'un crier mon nom. Au loin, les sirènes des camions de pompier hurlaient. Sans même réfléchir, je me suis lancée dans le vide, malgré les trois étages qui me séparaient du sol.

Après, tout est devenu flou.

Chapitre 23

JE ME SUIS RÉVEILLÉE péniblement. Je n'étais pas chez moi.

J'étais à l'hôpital.

Soudain, les évènements des dernières heures me sont revenus.

Mon père, Franklin, le grenier, l'incendie… Francine.

C'est à ce moment-là que j'ai réalisé que Francine était réellement partie. J'avais senti sa présence plus tôt dans le grenier. Même si nous n'avions pas pu communiquer par la parole, tous mes sens savaient que c'était bien elle. Au fond, je savais que c'était elle depuis le début, mais j'avais eu trop peur de me l'avouer.

C'était bien elle qui avait fait tomber *Le livre des esprits* sur mon épaule, mais j'avais mal interprété ce signe : elle voulait non pas que je la contacte, mais que je lise la lettre qu'elle m'avait écrite, bien camouflée dans l'ouvrage.

De toute façon, le mal était fait. Je n'allais pas me sentir mieux en m'imaginant toutes sortes de scénarios. Je me sentais déjà assez mal, autant émotionnellement que physiquement. Mon corps entier semblait douloureux, j'avais du mal à respirer, et mon mal de tête était quasiment insoutenable. En essayant de me redresser, j'ai vu que j'étais retenue à mon lit par une perfusion. Paniquée, j'ai regardé autour de moi : personne. Ni ma mère, ni Felix, ni Olivia, ni Louise.

Felix. Mon père.

Je n'avais aucune idée de ce qu'ils étaient devenus. La dernière image dont je me souvenais, c'était Felix qui avait, de manière héroïque, poussé mon père en bas des escaliers, quelques instants avant que je casse le cadre de Nancy et que je mette le feu à la maison. Étaient-ils blessés ? Avaient-ils pu sortir à temps ? Étaient-ils vivants ?

Mais surtout…

Est-ce que l'esprit de Franklin se trouvait toujours dans le corps de mon père ?

À ce moment, Olivia est entrée dans ma chambre. En larmes, elle s'est lancée vers moi, ignorant ma perfusion et mon corps complètement massacré.

– Olivia, attention, ça fait mal ! lui ai-je dit en jetant un coup d'œil à mon corps.

Ma voix était rauque et le fait de prononcer cette petite phrase m'avait donné l'impression d'avoir des couteaux dans la gorge. Ma cheville était entourée de plusieurs bandages, mon poignet était plâtré et j'avais atrocement mal à l'épaule. J'avais aussi l'impression que ma tête allait exploser, mais c'était probablement l'impact de la chute. Le dernier souvenir que j'avais. Les yeux pleins d'eau, j'ai tenté de repousser Olivia.

– Il se passe quoi, là ?

– T'es à l'hôpital, Elsie. Tu as perdu connaissance après avoir sauté.

– Oui, je m'en doute, mais... Mon père ?

– Ça va aller. Felix aussi. Ils ont tous les deux été admis à l'hôpital, mais ils vont s'en sortir.

– Et... ma maison ?

– Je ne pense pas que ça soit le moment de poser des questions, Elsie. Repose-toi. Ta mère va venir te voir et...

– Je vais bien. J'ai juste besoin de savoir pour avoir la tête tranquille.

Les larmes aux yeux, Olivia a raconté :

– Louise et moi étions à l'extérieur quand Felix et ton père sont sortis de la maison. Felix saignait du nez et tenait son bras, mais il semblait bien aller. Ton père, lui... Disons qu'il était assez mal en point. Il avait perdu connaissance et Felix le traînait de toutes ses forces. J'ai tenté de l'aider à éloigner ton père de la maison le plus possible, mais il m'a fait signe d'appeler une ambulance. Et les pompiers.

Elle avait de la difficulté à continuer.

– Felix a voulu me laisser avec ton père en attendant les secours pour aller te chercher, mais je lui ai dit de rester là. Au moment où j'allais entrer dans la maison, on a remarqué les flammes qui s'élevaient du toit. Ça brûlait tellement vite… J'aurais tout de même été te chercher, mais Louise m'en a empêchée. On entendait les sirènes des ambulances et des pompiers qui arrivaient, et c'est à ce moment-là que tu as juste… sauté par la fenêtre. Tu as fait une chute de trois étages. Quand tu es tombée, j'ai couru vers toi, mais Louise m'a dit de ne pas te toucher, que les ambulanciers allaient s'occuper de toi.

Olivia pleurait maintenant sans aucune retenue. La pauvre. Bien malgré elle, elle s'était retrouvée dans quelque chose de beaucoup plus gros qu'elle n'aurait pu l'imaginer.

Ouf.

Tout le monde était en vie. C'était tout ce qui importait.

– Felix et mon père… ils ont quoi ?

– Felix a un bras et le nez cassés, mais il devrait s'en sortir sans autres dommages. Il était un peu sonné à son arrivée à l'hôpital. Les médecins lui ont fait passer plein de tests, mais c'était probablement juste l'adrénaline. Il va venir te voir une fois que tous ses tests seront terminés.

– OK. Et mon père ?

J'espérais que Felix irait bien. J'éprouvais un certain sentiment de culpabilité de le savoir blessé, mais il avait dit à de nombreuses reprises vouloir m'aider. Il aurait pu reculer à n'importe quel moment, mais il ne l'avait pas fait.

Mon père, par contre…

C'était cent pour cent à cause de moi qu'il s'était retrouvé possédé par un esprit malfaisant. J'étais vraiment soulagée qu'il ne soit pas mort.

Même s'il avait essayé de m'anéantir plusieurs fois, c'était pardonnable. Je savais que ce n'était pas lui, mais bien Franklin.

– Il est vraiment mal en point, mais ça va aller, a répondu Olivia. En plus de ses premières fractures, il a subi une fracture du crâne et de l'épaule gauche. Son autre jambe a aussi été cassée. Il devra se déplacer en fauteuil roulant pendant un moment et probablement avoir de la réadaptation physique, mais, d'ici quelques mois, il sera capable de marcher.

J'ai éclaté en sanglots. Mon père était vivant, oui, mais dans un état que je n'aurais même pas souhaité à mon pire ennemi. Il aurait pu mourir à cause de moi et je n'allais jamais m'en remettre.

– Elsie, ne pleure pas. Ce n'est pas de ta faute. C'est fini, m'a dit Olivia en pleurant aussi fort que moi.

– Comment tu peux le savoir ? Comment tu sais que Franklin n'est réellement plus là ? lui ai-je demandé.

La porte s'est ouverte. Assis sur un fauteuil roulant, Felix est entré, poussé par une infirmière. Malgré son mauvais état, il était toujours aussi beau.

– Je serais bien venu te voir seul, mais apparemment je suis trop faible pour me déplacer par moi-même. Faible. Je tiens à rappeler que je suis un héros, rien de moins ! a-t-il déclaré en souriant.

Moi-même, je n'ai pas pu m'empêcher de rire. Il parvenait à dédramatiser la situation. En s'approchant de moi, il m'a fait un sourire triste.

– Ça va, Elsie ?

– Moi, ça va… C'est surtout pour toi que je m'inquiète.

– Je vais bien. Je vais m'en sortir sans cicatrice de guerre. Personne ne saura jamais que nous avons combattu à mains nues un esprit démoniaque mort depuis des décennies ! s'est-il écrié en serrant ma main.

Mon regard s'est assombri.

– Nous n'avons pas encore la confirmation qu'il est vraiment parti, Felix. Comment est-ce que nous pourrions en être certains ?

Felix a plongé son regard dans le mien.

– Je ne sais pas ce que tu as fait quand tu étais seule au grenier, mais tout ce que je peux te dire, c'est que, moi, j'étais avec ton père et…

Péniblement, il a avalé sa salive. Je pense qu'il se retenait pour ne pas pleurer.

– Alors que je tentais de sortir ton père de la maison, on a entendu un gros bruit. Ton père a alors arrêté de se démener dans mes bras. Il a soupiré et il a dit : « Je suis libre » avant de s'évanouir. Honnêtement, Elsie… il est parti. Tu as réussi, a-t-il assuré en baissant le regard.

J'ai alors tendu la main pour prendre la sienne, malgré une douleur intense dans mon avant-bras.

– On a réussi, Felix. Sans toi… sans Louise ni Olivia, je ne sais pas ce que je serais devenue.

Sans un mot, il s'est levé du fauteuil roulant et m'a fait signe de lui faire de la place. Avec difficulté, j'ai bougé mon corps vers la droite pour lui permettre de s'installer à mes côtés.

– Je vous laisse, OK ? Je vais aller voir ta mère, Elsie, m'a lancé Olivia.

Un silence confortable régnait dans la pièce. Heureusement, parce que je ne savais pas quoi dire. Qu'est-ce qu'on pouvait dire, en fait, après tout ça ?

Même si mon corps entier me faisait mal, j'étais bien, avec lui. Je me suis appuyée contre son épaule, juste heureuse de ce petit moment de répit. J'ai fermé les yeux.

J'imagine que je me suis endormie, puisqu'à ce moment, un léger « toc » s'est fait entendre sur la porte. Une infirmière a glissé sa tête dans l'entrebâillement.

– Felix ? Le médecin t'attend pour les prochains tests. Tu es prêt ?

Il s'est levé du lit difficilement, sans lâcher ma main. Juste avant de reprendre sa place sur le fauteuil roulant, il m'a fait son irrésistible sourire.

– Je crois que je ne pourrais plus m'imaginer vivre sans toi, a-t-il dit. Je t'aime.

Euh…

PARDON ?

Est-ce qu'il venait d'utiliser ce mot ? Ce verbe ? Cette phrase ?

Juste avant qu'il ne quitte la chambre, je me suis écriée à mon tour :

– Et moi aussi, je t'aime !

Mon cœur battait très fort dans ma poitrine. Avec lui, j'étais prête à conquérir des montagnes. Surtout, j'étais prête à tourner la page.

Je ne sais pas combien de temps je suis restée là, assise, perdue dans mes pensées. En fait, jusqu'à ce que ma mère arrive. Discrètement, elle est entrée dans la chambre et s'est assise sur la petite chaise juste à côté de moi. Je redoutais un peu ce moment. Je ne savais pas trop quoi lui dire.

– Maman… je suis désolée…

Ma mère m'a alors regardée d'un air déçu et triste.

– J'ai parlé avec Louise.

– Oh. Elle… t'a dit quoi ?

– Elle m'a brièvement raconté l'histoire. Très brièvement, mais assez pour que je comprenne.

J'ai baissé les yeux.

– Pourquoi, Elsie ? Pourquoi tu n'es pas venue m'en parler avant ? m'a interrogée ma mère d'un ton qui voulait tout dire.

– Parce que… tu n'aurais pas compris. Tu n'aurais pas été d'accord…

– Non, peut-être pas, mais on aurait pu éviter que ça dégénère à ce point-là…

– Si tu savais à quel point nous avons tout essayé, maman…

– Nous ? a-t-elle demandé, levant soudainement les yeux vers moi.

– Louise, Felix et Olivia.

– Donc, ils étaient tous au courant sauf moi ? a dit ma mère, me jetant un regard rempli de douleur.

Je l'avais blessée, c'était évident. Mais j'allais soutenir mon point : elle n'aurait pas compris.

– Quand Francine est décédée, papa et toi semblez vous en être remis assez vite. Sauf qu'à aucun moment, vous ne m'avez demandé comment, moi, je me sentais. Vous travaillez beaucoup, depuis longtemps. Francine, c'était ma meilleure amie. Elle a été là toutes ces années et j'ai partagé beaucoup plus avec elle qu'avec vous. C'était inconcevable pour moi de ne pas pouvoir lui faire mes adieux convenablement.

– C'est pour ça que tu as essayé de lui parler ?

– Oui.

J'ai soupiré.

– Maman… je suis désolée, vraiment. J'ai de la difficulté à saisir moi-même ce qui s'est passé. Mais tout ce que je peux te dire, c'est que je n'ai jamais pensé mal faire. Jamais. Je ne croyais pas que ça pouvait affecter d'autres gens que moi…

– Tu sais, ton père… il va s'en sortir. Il n'est pas du tout dans un état critique, même s'il devra faire beaucoup de rééducation pour pouvoir marcher à nouveau.

– Et… la maison ? Les pompiers ont pu faire quelque chose ?

– Non. Rien du tout.

– Oh.

Ma mère a alors approché sa main de la mienne.

– Mais ce n'est que du matériel, au fond. L'important, c'est que tout le monde est vivant, a-t-elle murmuré avec un faible sourire.

Elle s'est levée.

– Je vais te laisser te reposer, d'accord ? Je vais retourner voir ton père et, de toute façon, j'ai beaucoup de paperasse à faire… On va devoir se trouver un endroit où vivre rapidement, hein ? a lancé ma mère en sortant de la pièce.

En soupirant, je lui ai donné raison : la vie allait devoir continuer.

Je n'avais plus de maison, ni de Francine ; mon père avait été possédé et grièvement blessé ; ma mère m'en voulait d'une certaine façon, même si elle ne l'avouerait jamais.

Mais j'avais Felix. Olivia. Louise. Tous mes amis.

Durant la journée, l'infirmière est revenue à plusieurs reprises. Changer mes pansements, m'amener faire des radiographies, ou tout simplement me parler. Une psychologue a également passé trente minutes avec moi. Je me doutais que parler à quelqu'un me ferait du bien, mais je ne savais pas trop par où commencer. Je n'avais pas spécialement envie de tout lui expliquer. Elle ne m'aurait sans doute pas crue.

Ou bien alors elle m'aurait directement internée.

Je lui ai dit de revenir le lendemain.

Aujourd'hui, j'avais besoin de repos. Je n'avais pas beaucoup dormi durant la dernière semaine, mes cernes en témoignaient.

Le soir, j'ai demandé à l'infirmière des médicaments pour dormir. Elle m'en a aussitôt donné, et je me suis sentie sombrer dans un sommeil profond.

Pour la première fois depuis un mois, je n'ai rêvé de rien.

Chapitre 24

J’AVAIS UN DRÔLE de sentiment de déjà-vu. Assise sur le petit mur de briques adjacent à l’allée, je regardais droit devant moi, comme dix ans plus tôt, à quelques mois près. Cette fois-ci, mes pieds touchaient le sol et il n’y avait pas de maison derrière moi. J’observais la maison de Francine, incapable de regarder la mienne, ou du moins ce qu’il en restait. Encore fumante de l’incendie que les pompiers avaient tenté d’éteindre durant toute une nuit. À l’aube, ils avaient fini par contrôler le feu avant qu’il ne se répande davantage.

Je n’avais rien pu sauver, si ce n’était ma propre peau, et de peu. La maison était déjà bien embrasée quand les pompiers étaient arrivés.

Ça m’importait peu.

Tout ce que je savais, c'était que l'esprit de Franklin était maintenant ailleurs, anéanti, et qu'il ne pourrait plus jamais blesser personne.

Après avoir passé deux jours à l'hôpital, j'avais reçu mon congé : à part, miraculeusement, une simple cheville foulée, un poignet cassé, un énorme bleu à l'épaule et une intoxication à la fumée, je n'avais rien.

Comme nous n'avions plus de maison, nous logerions à l'hôtel pour les prochains jours. C'est moi qui avais demandé à ma mère de revenir ici une dernière fois.

À mon arrivée, j'ai vu Louise quitter la maison de Francine. Comme je pouvais difficilement me déplacer à cause de ma cheville, c'est elle qui s'est approchée de moi. Sans rien me dire, elle m'a serrée dans ses bras. Durant son étreinte, j'ai senti sa main se glisser derrière moi, pour mettre quelque chose dans la poche arrière de mon jean. Puis, toujours silencieuse, elle a marché jusqu'à sa voiture et est partie, sans même se retourner.

Je la comprenais. Avec les évènements des précédentes semaines, Louise avait juste envie de retrouver sa famille. Je ne savais pas si j'allais la revoir. Probablement pas. Je représentais à ses yeux trop de mauvais souvenirs, et surtout les derniers qu'elle aurait de sa sœur. J'aurais sincèrement voulu lui dire à quel point je l'avais appréciée. Sa présence m'avait aidée, en quelque sorte, à faire mon deuil et, ça, c'était très précieux.

J'avais eu ce que je voulais : j'avais pu exprimer mon amour pour Francine une dernière fois. Tout ce que j'avais souhaité, après sa mort, c'était lui faire mes adieux d'une façon convenable.

À ce moment, je ne doutais plus que Francine serait constamment avec moi. Différemment, c'est certain, mais le décès d'une personne n'efface pas les sentiments et les souvenirs. À partir d'aujourd'hui, et pour toujours, j'allais me souvenir d'elle comme de ma sauveuse.

Je lui serais toujours reconnaissante d'être restée sous une forme terrestre pour me protéger. Comme si elle savait que ma nature curieuse allait me causer des ennuis.

Perdue dans mes pensées, j'ai glissé la main dans ma poche arrière, voulant voir ce que Louise y avait mis.

C'était une clé, enveloppée dans un papier blanc. Je n'ai pas pu m'empêcher de le dérouler rapidement.

Très chère Elsie,

Tu comprendras un jour pourquoi je suis partie aussi vite. J'espère que tu ne m'en voudras pas. Je souhaite te revoir un jour, seulement je crois que nous avons toutes les deux besoin d'un peu de temps...

Tu as été sans aucun doute très importante dans la vie de ma sœur.

Prends soin de tes parents, de Felix, d'Olivia : ils auront besoin de te savoir forte et guérie de tout cela.

Sache que les affaires de ma sœur sont en ordre : à tes parents et à toi de voir ce que vous voulez en faire, en temps et lieu.

Je te laisse ici la clé de sa maison : elle te sera probablement plus utile qu'à moi.

Louise.

Les larmes me sont montées aux yeux. J'ai replié la lettre et je l'ai remise dans ma poche. Dans ma main gauche, je tenais toujours la petite clé de la maison de Francine.

Je savais que je n'allais pas l'utiliser de sitôt. J'allais avoir besoin de temps pour me remettre de tout ce qui s'était passé.

Quand je me sentirais prête, je retournerais chez elle une dernière fois.

Mais pas maintenant.

– Tu viens, Elsie ? m'a demandé ma mère, m'arrachant à mes pensées.

Ma mère. Les yeux fatigués, plus cernés que jamais. Elle ne savait pas tout, encore, mais elle respectait mon silence. Elle m'avait dit que le temps faisait bien les choses.

Je la croyais.

Sans dire un mot, j'ai jeté un dernier coup d'œil à ce qu'il restait de ma maison. Pas grand-chose, en fait. Tout était par terre, la structure de la construction n'était même pas reconnaissable. Une affreuse odeur de brûlé flottait dans l'air, et juste à penser que nous avions tout perdu, j'avais une boule dans l'estomac.

Sur ce dernier regard, j'ai ouvert la portière de la voiture et je suis montée dedans. Ma mère a fait démarrer le moteur, puis, sans même tourner la tête, elle est partie.

Assise à l'arrière, je regardais par la vitre la rue de mon enfance défiler. Mes parents avaient l'intention d'acheter une maison de ville, neuve, dans un quartier beaucoup plus récent. Après ces tristes évènements… nous n'avions pas très envie de prendre une maison qui avait déjà été habitée.

Vous comprendrez bien pourquoi.

J'avais confiance en la vie et, après cette épreuve, je croyais dur comme fer qu'aucun autre esprit ne croiserait mon chemin. J'avais eu ma leçon.

Si seulement j'avais su ce qui m'attendait…

À suivre.

REMERCIEMENTS

JE NE POUVAIS PAS terminer ce livre sans quelques remerciements. Entre l'idée de départ et le produit final, il s'est écoulé près de deux ans.

Premièrement, merci à tous ceux et celles qui ont ce livre entre les mains. Que vous l'ayez acheté parce que vous regardez mes vidéos ou parce que vous étiez curieux, merci de me permettre d'enfin réaliser mon rêve de petite fille.

Merci à tous ceux qui n'ont aucune idée de qui je suis, mais qui m'ont laissé une chance en achetant mon premier roman.

Merci à Jay, qui a toujours été là pour m'encourager dans mon projet de roman, toujours prêt à me supporter dans mes états d'âmes et mes questionnements, qu'il soit 10 h ou 4 h du matin. Merci de toujours m'avoir poussé à continuer, même dans les moments de doute.

Aussi, merci à Fudge pour sa douceur, toujours là pour mettre ses pattes sur mon clavier quand il ne faut pas.

Un merci spécial à Pierre, le meilleur éditeur que je n'aurais pas pu avoir. Toujours là pour me guider et m'épauler dans l'un des plus grands projets que j'ai réalisé jusqu'à présent.

Merci à Martin, Marike, Clémence et à toute l'équipe de La Bagnole pour avoir cru en moi et en ce premier projet de roman.

Merci à mes parents, qui ne m'ont jamais proposé de me trouver un métier « normal », et qui ont fait de moi l'amoureuse de la lecture dont je suis aujourd'hui.

Ma team de feu chez Goji – Élie, Laurence, Camille et Annie, votre travail est phénoménal !

À tous mes fantastiques et sensationnels abonnés, qui me suivent depuis si longtemps, merci de constamment être derrière moi, à supporter mes 1001 projets, que ce soit virtuellement ou en vrai. Sans vous, je ne serais pas en train d'écrire ses lignes, et j'ai TELLEMENT hâte que vous ayez ce livre entre les mains !

Un merci tout spécial à mes premières lectrices, Joséphine et Kim : Vos conseils précieux et vos encouragements étaient plus que nécessaires.

Mon amie Danika, qui depuis plus de 10 ans, a lu sans relâche mes premières ébauches de livres jamais complétées sans broncher et qui m'a toujours supportée, projets après projets.

Pour mes anciennes collègues et amies qui ont connu Francine : Alexann, Marie-Christine, Carmen, Lucie, Sabrina, Catherine et Marie-Soleil pour vos encouragements et votre présence.

Finalement, pour la vraie Francine, qui n'aura jamais la chance de lire ce livre, mais qui m'a inspirée et qui m'a poussé à réaliser ce rêve qu'était d'écrire un roman avec sa passion du paranormal.

MERCI.